Je suis la femme du plateau

Marie Portolano

Je suis la femme du plateau

Stock

Graphisme : Julia Bourdet
Photographie de couverture : Astrid di Crollalanza

ISBN : 978-2-234-09385-0

CHAPITRE UN

Janvier 2022

J'ai rendez-vous ce matin.

Le directeur d'une grande rédaction m'a appelée il y a quelques jours pour me proposer qu'on se rencontre. Quand j'ai vu son nom s'afficher sur mon téléphone, j'ai eu une petite montée d'adrénaline. J'avais obtenu son numéro il y a quelques années pour lui offrir mes services de stagiaire-pigiste-alternante-assistante-n'importe quoi, mais je n'avais pas eu le courage de l'appeler. Son nom était resté là, dans mon répertoire, comme contact un peu classe, mais jamais nous n'avions échangé.

C'est donc lui qui m'appelle pour « évoquer l'avenir ». J'entends : rédaction, discussion, collaboration, futur commun. Oui voyons-nous, voyons-nous tout de suite.

Depuis un an, ma vie a changé. J'ai écrit et coréalisé un documentaire qui traitait du sexisme systémique et du harcèlement sexuel dans les rédactions sportives en France. *Je ne suis pas une salope, je suis journaliste* a fait du bruit. Beaucoup de bruit. Plus que je ne pouvais l'imaginer. Pour moi, pour les rédactions, pour les intervenantes et pour certains hommes, la sortie du film a été une déflagration. Des enquêtes internes ont été dirigées dans les grandes rédactions sportives, des hommes ont été ciblés, certains ont été licenciés, entendus dans des enquêtes judiciaires. Le documentaire a reçu plusieurs prix, et je suis encore, quatre ans après, félicitée et mobilisée à ce sujet.

Nous sommes fin janvier 2022 et aujourd'hui, j'ai un rendez-vous important.

Comme avant chaque entretien – et certainement comme la plupart des gens – je suis un peu angoissée, anxieuse. J'espère convenir aux attentes, dire les mots justes, j'espère convaincre que je suis une bonne idée de recrutement.

Je passe du temps à choisir la bonne tenue, à me préparer, je prends le métro et j'arrive, comme chaque fois, bien trop en avance. Même quand j'essaye d'être en retard, je n'y parviens pas. Mon père dit de moi que je suis prévoyante. Je pense surtout que j'ai hérité de lui, qui se pointe à la gare quarante-cinq minutes avant l'horaire d'un train, et s'agace quand nous ne sommes pas prêts une heure avant un départ en vacances. L'heure c'est l'heure.

Aujourd'hui, j'ai vingt minutes devant moi lorsque j'arrive devant le grand bâtiment où j'ai rendez-vous. J'ai le choix entre boire un café dans le rade d'à côté ou entrer directement et m'annoncer. Je décide de prendre mon temps et de m'installer dans le bistrot qui jouxte l'immeuble.

Mais je suis stressée, je ne parviens pas à me détendre et je fixe l'heure sur mon téléphone. J'opte pour une annonce de l'accueil cinq minutes avant l'heure convenue. Cinq minutes, c'est bien, il aura le temps de me faire monter dans ses bureaux.

L'entretien se déroule bien, nous discutons gaiement des perspectives possibles, mon interlocuteur est vif et sympathique, c'est un bon échange.

Nous évoquons la sortie de mon documentaire et ce que cela a changé dans ma vie. Lui l'a vu et l'a beaucoup aimé. Il me complimente sur mon travail, m'interroge sur mes projets.

Je lui raconte être sollicitée pour un autre documentaire sur le même thème, ainsi que pour l'écriture d'un livre.

On m'a effectivement proposé il y a quelques mois de poursuivre ma réflexion sur le sujet et d'en faire un essai. D'abord très flattée par la proposition, mon syndrome de l'imposteur est revenu comme il m'avait quittée à la sortie du film. Non, je ne suis pas légitime pour m'exprimer sur ce thème, je ne suis pas assez engagée, je ne suis pas la bonne personne, je n'écris pas assez bien, je ne veux pas me lancer là-dedans.

Finalement, j'ai le sentiment d'avoir fait ce que j'avais à faire, dit ce que j'avais à dire. Je n'ai pas envie d'en faire trop, le documentaire était suffisant, à mon sens.

Un livre sur le sujet ? Que dirais-je de plus ? Qu'apporterait-il de mieux ? Je suis perplexe, le projet est mis de côté.

Pour l'heure, je me concentre sur les plans concrets, ce rendez-vous par exemple, qui me tient à cœur. Mon interlocuteur me parle beaucoup de lui, de sa longue carrière, de ses passages dans les rédactions, jusqu'à sa nomination il y a quelques années à la tête de celle-ci. De moi, de mon parcours, de ce que je pourrais faire avec eux. L'ambiance se détend de plus en plus. Il me tutoie, m'encourage à faire de même.

Il m'avoue être fan de football, nous soutenons la même équipe. S'ensuit un long débat sur le choix du nouvel entraîneur. En réalité, me confie-t-il, cela fait des années qu'il me connaît, il a regardé plusieurs émissions de football que je présentais, suivi mon évolution. Il sait quelle journaliste je suis.

Quand soudain, cette phrase.

« Et puis l'année dernière, j'ai vu ton documentaire, alors j'ai pensé, c'est formidable, cette fille a aussi un cerveau. »

C'est comme une gifle au visage.

Je crois qu'il plaisante, mais pas du tout. Il me signifie vraiment qu'il a été ravi de constater que je n'étais pas qu'une présentatrice superficielle, comme beaucoup d'autres. Ce sont ses mots.

Je reste stupéfaite. La première chose que je comprends, c'est qu'il n'a pas vu mon documentaire. C'est impossible qu'il puisse me dire ça sérieusement s'il a vu le documentaire.

Devant mon air ébahi, il tente une blague et passe vite à autre chose. C'est trop tard.

Cette phrase.

C'est cette phrase qui me convainc instantanément d'écrire ce livre.

Le travail est loin d'être fini. En fait, il ne fait que commencer.

Février 2016

Aujourd'hui, c'est un jour spécial à la rédaction. Nous fêtons la trois centième de la grande émission de football pour laquelle je travaille, à cette époque, la référence en matière de rendez-vous sportifs, et j'ai la chance incroyable d'y participer depuis deux ans. Le programme rassemble près de deux millions de téléspectateurs chaque semaine, l'expertise et la rigueur des propos tenus en plateau sont réputées. Si on aime le football, on regarde cette émission.

Ce soir, au programme, un sujet de quelques minutes sur les meilleurs moments de l'émission, un best-of de ces sept dernières années.

Comme chaque semaine, j'arrive la première dans la salle de rédaction. J'aime me faire un café en silence, lire la presse, regarder les résumés des matchs, les buts que j'ai manqués la veille, visionner les sujets du jour, consulter les dernières infos, préparer mon émission.

Alors, seule avec mon café, je regarde ce fameux reportage.

Colère.

Dans ce sujet, les images du présentateur vedette accueillant les téléspectateurs tout au long des différentes années, vieillissant élégamment. Les consultants qui se sont succédé avec talent, leur savoir-faire et leurs bons mots. Les fous rires, les différents clashes, les arrivées en plateau des footballeurs les plus connus, les plus marquants, les plus lookés. Les moments d'humour, d'émotion aussi.

Dans ce sujet de sept minutes, il n'y a pas une seule image de la journaliste femme du plateau.

Nous avons été quatre à nous succéder à ce poste. Quatre journalistes diplômées (ça m'agace de devoir le rappeler) à avoir passé tous nos week-ends sur le plateau de l'émission. À avoir travaillé sur le programme, posé des questions, réagi à des situations, à avoir ri, à avoir participé tout simplement à ce rendez-vous.

Pas une seule image.

Et lorsqu'on entend la voix d'une de ces journalistes, on ne la voit pas à l'écran.

C'est simple, nous n'avons jamais existé.

Le jour même, je fais part de mon exaspération à certains collègues, précisant que je suis choquée, non pas de mon absence à moi, mais de notre absence commune avec celles qui m'ont précédé. Les réponses sont dubitatives et personne ne voit le problème. « S'il n'y a aucun moment fort avec vous, on ne va pas en mettre juste pour que vous y soyez, ce serait nul. »

Et puis si, il y a bien un moment fort qui met en scène une femme. Un moment où l'un des hommes présents autour de la table se lève, se dirige vers elle et l'embrasse sur la bouche, de force.

Voilà l'image. La seule que l'on doit retenir des femmes sur sept années d'émission. Celle d'une journaliste embrassée par surprise sur un plateau devant un public hilare.

Ce jour-là, je semble être la seule à être heurtée. Le sujet est diffusé. Grand succès. Sur les réseaux sociaux que je scrute avec attention, aucune réaction sur l'absence des femmes.

Je suis consternée. Nous n'existons pas et ça n'émeut personne, à part moi.

Le lendemain, à la rédaction, un journaliste fait la réflexion. Seul chez lui dans son canapé, en regardant l'émission, il a remarqué que nous n'étions pas visibles. « J'ai trouvé ça étrange qu'on ne voie aucune des femmes journalistes », dit-il simplement.

Il ne le sait pas mais son commentaire me touche beaucoup, malheureusement il ne touche personne d'autre.

Je ne me souvenais plus comment avait été accueillie cette remarque par la foule des hommes assis autour de la table de réunion. Alors j'ai écrit à ce journaliste, dont je n'avais plus de nouvelles depuis des mois. Voilà notre échange :

« Coucou, comment vas-tu ? [...] Tu te souviens du sujet où il n'y avait aucune femme dans un best of et que tu avais dit que ça t'avait choqué ? »

« Tout à fait. Ce dont je me souviens surtout c'est à quel point tout le monde s'était foutu de moi en réunion derrière... [...] Bref j'espère que tu vas bien, à bientôt. »

Cet événement me reste en tête un moment, j'en parle autour de moi et fatalement cela me pose question. Si dans une compilation des meilleurs moments de sept années d'existence d'une émission les femmes n'apparaissent pas, il y a bien une raison, mais laquelle ? Quel est mon rôle dans cette émission ? Qu'attend-on de moi exactement ? Plus globalement, quel est le rôle des femmes dans les émissions de sport ?

J'ai commencé à travailler en 2010, juste après mon diplôme de journalisme. J'avais tout orienté vers le sport, mes stages et ensuite les piges. J'avais écrit à toutes les chaînes sportives de l'époque. Et j'étais parvenue à intégrer deux rédactions qui m'avaient signée comme pigiste.

Après quelques mois, j'ai trouvé un contrat dans une petite chaîne qui traitait uniquement du football. Mon tout premier contrat.

Je l'ai fêté au bar en bas de chez moi avec ma famille et des amis. Certains, surpris que je me dirige vers le journalisme sportif, me posent la question : « Mais tu aimes vraiment le football ? »

C'est une question tellement récurrente que j'ai cessé de mal le prendre.

Rencontres, connaissances, cousins, copines, amis de mes parents, chauffeurs de taxi, coiffeurs, patrons de chaînes, hommes, femmes, jeunes, vieux, grands, petits me questionnent, curieux.

En écrivant ces lignes, je décide que dorénavant c'est ce que je répondrai, je déclarerai avec un sourire sarcastique : « Non, j'ai toujours exécré le foot, c'est pourquoi j'ai choisi d'en faire mon métier pendant plus de dix ans. » Et probablement, ceux qui me demandent se sentiront bêtes, aussi bêtes qu'est cette question.

C'est si inhabituel d'aimer le foot quand on est une femme. La société a tant orienté le sport vers les hommes que le monde a du mal à croire que je puisse réellement m'y intéresser.

Janvier 2000

Je suis en troisième, je viens d'avoir quinze ans. Nous avons quitté Paris en pleine année scolaire pour déménager en province. Je fais donc la rentrée de janvier dans un nouveau collège où je ne connais personne. L'enfer.

Heureusement, mes frères sont avec moi, on plaisante sur le chemin de l'école. On ne connaît pas bien la route, alors on se perd et on arrive en retard.

Le directeur nous accompagne chacun dans notre classe.

Mes nouveaux camarades sont en cours d'anglais. Après avoir prononcé mon nom et mon prénom devant tout le monde, dans une classe, un collège et une ville que je ne connais pas, le directeur me demande de me présenter.

En anglais.

L'enfer, l'enfer.

À la récréation, je retrouve mon frère. Lui aussi est « le nouveau ». On se serre les coudes.

Je lui dis : Personne ne fait attention à moi. Il me répond : « Parle-leur de foot. »

Le football, c'est ma passion. Mon ambition dans la vie ? Devenir présidente d'un club. N'importe lequel. Je veux tout connaître des rouages d'une équipe, le stade, le recrutement, les joueurs, l'entraîneur et son staff, les relations avec les supporters, la pub, les sponsors, le prix des billets. Tout.

Cela fait seulement quelques années que j'apprécie le football à la télévision.

J'y ai joué quand j'étais à l'école primaire. Nous étions deux petites, Sandrine et moi, avec les garçons, dans la cour de récréation. Au fur et à mesure, nous avons gagné notre place au sein de la bande des footeux. Et nous n'étions pas les dernières choisies. À huit ans, les garçons ne faisaient pas de différence, si on marquait des buts, garçon ou fille, on était dans l'équipe, point. Et puis Sandrine était très forte. Moi moins, mais téméraire et volontaire, ce qui suffisait à faire de moi un membre régulier des équipes. Mais je ne regardais pas les matchs à la télévision, mes parents n'étant pas consommateurs, ni vraiment intéressés par le sport. Je m'y suis mise vers treize ans je dirais. Quand mes deux frères, plus jeunes que moi, ont gagné la bataille du physique, qu'ils m'ont dépassée en taille et en poids.

Et que, par conséquent, ce sont eux qui décidaient des programmes qu'on regardait à la télévision, lorsque nous étions seuls à la maison bien sûr. J'essayais bien de m'opposer au même ordre du jour du samedi soir quand nos parents sortaient – pizza-foot de 19 h 30 à 23 heures – mais je n'y arrivais pas. Ils étaient deux contre moi.

Et puis finalement, ces rendez-vous à trois ont fini par me plaire.

Le samedi avec mes frères. Et les pizzas. Et le foot.

Alors je m'y suis mise, vraiment. Histoire d'être comme eux, passionnés et enflammés devant leur écran. Je suis allée au stade, avec eux, avec des amis, seule parfois. Je les ai accompagnés à leurs tournois de football du dimanche après-midi, je les ai encouragés. Et puis, naturellement, la passion imposée est devenue réelle.

Finalement, j'ai développé un tel engouement que j'ai voulu en faire mon métier.

Et à quinze ans, alors que je suis en péril comme une adolescente sans amis, voilà ce que me conseille mon frère. Parle de foot.

C'est ce que j'ai fait, je ne me souviens plus des circonstances précises, si c'était à la cantine ou à la récré, si c'était pendant un cours ou dans les couloirs. Je ne me rappelle plus bien ce que j'ai dit ni comment je l'ai dit. Mais ça a marché.

Je suis devenue celle à qui on propose d'aller voir les matchs le week-end, celle à qui on parle à la récré des derniers buts marqués par l'équipe, celle qui aime le foot. J'en ai même fait un reportage pour mon cours d'histoire, « l'intégration par le football » avec deux copains. Nous avions eu une très bonne note et j'avais adoré interviewer des employés du club de la ville où j'habitais. J'avais même réussi à rencontrer un joueur.

En 2001 déjà, le foot et le journalisme me faisaient de l'œil.

Juin 2010

J'ai signé mon premier contrat.

Je suis très fière de rejoindre cette rédaction sportive. J'ai beaucoup travaillé durant l'été, répétant inlassablement les noms de tous les présidents de club, des entraîneurs, celui des stades, le mercato, les arrivées et les départs. Je veux être impeccable. Tout savoir (ce qui est évidemment impossible) et avoir réponse à tout, tout de suite.

Je prends mon poste début juin. Les championnats reprennent mi-juillet, la chaîne est à créer, il y a du travail. Je suis étonnée, à mon arrivée le premier jour, d'être seule. Il n'y a personne d'autre que mon chef dans les locaux.

Où sont les autres ? Ils n'arriveront que dans deux semaines, me répond-il.

Les nouveaux bureaux, construits pour l'occasion, participent à cette ambiance particulière : il n'y a rien, que des bureaux et des chaises blanches. Pas de machine à café, pas de journaux, pas de maillots de foot, aucune trace de vie. Toute l'histoire de cette rédaction est à écrire.

Décontenancée, je m'installe donc à mon bureau, mon chef est dans le sien.

La singularité de cette situation le conduit à me proposer de venir m'installer près de lui, plus facile pour communiquer, et surtout, nous nous sentirons moins isolés.

Nous travaillons donc côte à côte, chacun sur son ordinateur portable, et échangeons sur ce à quoi doit ressembler la chaîne, sur les attentes, les émissions, les journalistes qui vont arriver. C'est un statut spécial qu'il me permet d'occuper. Je suis à la fois gênée et flattée.

Être seule avec lui dans ces bureaux, au début d'une aventure humaine et professionnelle. Quand les autres journalistes arriveront, j'aurai un avantage sur chacun, c'est certain.

Chaque jour, nous déjeunons ensemble dans l'un des rares restaurants qui jouxtent la rédaction. Et tous les midis, il boit du vin. Je ne l'accompagne pas.

Fatalement, les échanges se font plus francs et plus détendus. En tout cas de son côté. Il me parle volontiers de sa vie privée, de ses difficultés de couple, de son divorce. Mon erreur est sans doute de le relancer et de m'intéresser poliment à sa vie. Plus les conversations avancent, plus il se confie sur ses rapports avec les femmes. C'est d'ailleurs un de ses sujets de prédilection. Les femmes de sa vie, les collègues qui l'ont entouré, ses aventures avec certaines, plusieurs même. Je tente systématiquement de changer de conversation. Je suis embarrassée, sans bien comprendre de quoi.

J'ai un peu plus de vingt ans, il en a peut-être plus du double.

C'est mon chef.

Je suis incommodée par ces discussions mais je n'ose pas le lui dire. Et un jour, après une bouteille de rouge, il m'attrape subitement la main.

Il me regarde dans les yeux et lance : « Qu'est-ce qu'on va faire, nous deux ? »

Je suis tétanisée. Ai-je dit quelque chose, ai-je fait quelque chose qu'il aurait pu mal interpréter ? Il semble attendre une réponse que je ne peux pas lui donner. J'opte alors pour un système qui m'a plusieurs fois sauvée et prétends ne pas comprendre. Je ris, dégage ma main et plaisante en bafouillant je ne sais plus trop quoi.

Il reprend ses esprits, se lève et va payer en carte « note de frais ».

Il n'est clairement pas dans son état normal, mais je suis bouleversée.

Bouleversée. Le mot n'est pas trop fort. L'après-midi que je passe à ses côtés est un calvaire, lui semble avoir tout oublié et enchaîne les coups de fil en riant.

Je ne sais plus comment me comporter avec lui, je ne suis plus naturelle. Je n'ose même pas sourire, j'ai peur qu'il prenne n'importe lequel de mes gestes pour une provocation et une incitation à sa lourde drague.

Le soir venu, je rentre chez moi, et je raconte immédiatement l'événement à mon fiancé de l'époque. Il est stupéfait mais surtout désolé pour moi. Je lui explique être gênée rien qu'à l'idée de le revoir, seul à seul dans les bureaux, le lendemain. Je lui dis ne plus vouloir déjeuner avec mon patron, mais comment faire quand on n'est que deux, qu'est-ce que je vais bien pouvoir trouver comme excuse ? Je ne peux décemment pas lui en parler, sachant qu'il est mon chef et que la chaîne n'est même pas encore lancée, comment vais-je m'en sortir ?

« Tu t'en sortiras, me répond mon fiancé, tu y arrives toujours. »

Le lendemain, c'est comme si de rien n'était. Toutes nos interactions sont concentrées exclusivement autour du travail, les rapports reprennent normalement, je me détends. L'heure du déjeuner, je la redoute un peu. Nous allons ensemble au même endroit que la veille et l'avant-veille.

Nous n'avons pas beaucoup de temps aujourd'hui car nous devons dans l'après-midi nous rendre au siège de la Ligue de football professionnel afin de rencontrer des présidents de club.

Mais il prend tout de même du vin.

Et une nouvelle fois, la discussion bascule au bout d'un verre de trop. Ce jour-là, il est question de parking. Visiblement, il adore faire l'amour dans les parkings, c'est ce qu'il me dit. L'excitation de l'instant, l'endroit insolite, la peur de se faire prendre, c'est un de ses endroits préférés. Je ne sais même pas si je réponds ou non, je suis une nouvelle fois ennuyée par la tournure des événements. Mais vite, nous devons partir, « note de frais » et direction la LFP, en voiture. Je ne m'émeus pas qu'il conduise alors qu'il est clairement trop ivre pour le faire, j'ai seulement hâte du moment où nous retrouverons d'autres personnes.

La réunion se passe bien, je suis présentée aux présidents avec beaucoup d'enthousiasme, je suis un recrutement judicieux et malin selon mon chef. Je suis ravie de ses mots et sourit poliment aux interlocuteurs.

Plus tard, nous quittons les bureaux tous les deux, prenons l'ascenseur tous les deux, nous retrouvons dans le parking tous les deux.

Mon chef est sur le point d'ouvrir la portière de la voiture, puis s'arrête et me regarde, de l'autre côté du véhicule.

« Tu te souviens de ce que je t'ai dit sur les parkings ? »

À cet instant, je suis contente que la voiture nous sépare. La proximité physique associée à cette question m'aurait été insupportable. Je ne réponds pas, je le regarde, hébétée.

Son éclat de rire met fin aux secondes – interminables selon moi – de silence entre nous.

« Je plaisante, précise-t-il, allez, monte. » Je m'exécute, je me sens mal. La voiture à peine en marche, il évoque la réunion passée et revient au travail. Nous sommes vendredi en fin d'après-midi. Je lui demande de me déposer à une station de taxi, j'aimerais rentrer chez moi.

« À lundi » me lance-t-il avec un grand sourire sympathique et un geste de la main. Oui, à lundi.

Face à ma mère, un peu plus tard dans la soirée, je fonds en larmes. J'ai compris. J'ai compris pourquoi il m'a recrutée, pourquoi je suis seule avec lui depuis des jours. Mes qualités de journaliste, mon parcours, mes idées, il s'en fiche. Mon premier contrat si fièrement fêté... Je pleure car je suis déçue et en colère. Et je ne sais comment réagir. Comment me comporter lundi au bureau ?

Pour une fois, ma mère reste sans voix, sans aucune repartie. Pourtant c'est une femme forte. De très longues études, une grande carrière, énarque, haute fonctionnaire, trois enfants. Elle est mon modèle. Venant d'une famille compliquée et peu favorisée, si elle a réussi à accomplir tout cela, tout le monde peut le faire. Il faut travailler.

C'est ce qu'elle m'a toujours répété. Travaille. Ne sois dépendante de personne. Réfléchis. Ne te laisse pas faire, sois intelligente. Sois curieuse. Mais surtout travaille.

Elle m'a beaucoup observée et suivie pendant mes études.

Plus que mes deux frères. Comme si elle savait qu'une femme est davantage attendue au tournant qu'un homme. Comme si elle pressentait la nature des obstacles que j'allais affronter. Ma mère a été très exigeante avec moi. Parfois injuste.

Aujourd'hui, je me dis qu'elle incarne la société. Elle m'a préparée à ce que j'allais rencontrer. Elle a été dure mais toujours de bon conseil, notamment sur le plan du travail. J'ai eu beaucoup de chance de grandir avec ce modèle féminin. De ne pas avoir eu à en chercher d'autres ailleurs. Elle m'a permis de croire que tout est possible. Jamais, grâce à sa présence et son aura de femme de pouvoir, je n'ai pensé que je n'y arriverais pas.

Tout est possible, Marie. Travaille.

Mais face à mes larmes ce jour-là, ma mère n'a rien trouvé à dire.

C'était la première fois. Son regard navré a suffi. Elle comprenait. Mais n'a pas su me guider.

Le lundi suivant j'ai opté pour une distance claire et froide. Mais mon chef n'a pas eu l'air de s'en rendre compte. Il agissait comme si de rien n'était. Il avait certainement déjà oublié.

Lui avait passé un week-end tranquille, avec sa femme, ses amis, ses bouteilles de rouge. Il avait probablement fait un barbecue, regardé un film, s'était endormi la fenêtre ouverte dans sa maison de banlieue parisienne. Lui n'avait pas pensé tout le week-end à cette phrase sur les parkings, à ce qu'elle voulait dire, à la position inconfortable dans laquelle elle me mettait. Lui n'avait pas eu de mal à dormir en appréhendant le retour au bureau du lundi. Lui n'avait pas répété plusieurs fois des phrases de repartie possibles au cas où ce genre de situation se reproduirait. Lundi matin, lui n'avait pas eu autre chose à penser que son travail. Moi, si.

Les relations avec ce supérieur ne se sont pas envenimées. Elles se sont même améliorées, il s'est révélé être un bon manager, humain, à l'écoute. Les autres journalistes ont fini par arriver dans la rédaction, la chaîne a été créée, le travail a primé et je n'ai plus eu de problèmes. Avec lui. Car des histoires similaires, j'en ai eu. J'ai simplement appris – avec l'expérience – à mieux les gérer.

Quelques mois plus tard j'ai quitté cette rédaction pour une autre. Là aussi, j'ai dû affronter plusieurs situations avec quelqu'un d'encore plus haut placé.

J'ai vingt-cinq ans et je fais uniquement de l'antenne. Plus de sujets, plus d'interviews, je présente des émissions. C'est devenu mon métier. Je rencontre un nouveau chef, que je n'avais jamais vu auparavant. Je le connais, bien sûr. Il a une belle réputation, une belle carrière, dans le milieu du journalisme sportif, c'est quelqu'un. Mais je ne l'avais jamais rencontré. Il est charmant, très prévenant avec moi, me parle beaucoup les premiers jours, vient parfois s'accouder à mon bureau pour voir ce que je fais, si tout va bien.

Un matin, il me propose d'aller déjeuner. Il est vraiment gentil, presque mignon. J'accepte de l'accompagner. Nous partons en voiture et il m'emmène dans un restaurant où il a ses habitudes. Dès qu'il y entre, il est accueilli avec les honneurs, les saluts conviviaux de la plupart des gens présents.

Le déjeuner se passe très bien. Il n'est question que de travail, de ma progression, de ce qu'il attend de moi. J'écoute ses conseils avisés. Je passe un bon moment. L'addition réglée, il suggère de me raccompagner chez moi en voiture. Une fois garé en bas de mon immeuble, il me prend la main et me réclame un bisou. Pas un baiser, pas une bise, un « bisou ». Je suis décontenancée, je ne m'exécute pas, et esquive en plaisantant. Mais il réitère. Il veut « un bisou sur la bouche ».

Silence. Je refuse. Et mon supérieur se met à bouder. Il veut son bisou sur la bouche. Il râle parce que je le lui refuse, le réclame comme un enfant.

Cette situation est inédite pour moi. Si le constat est identique à celui fait dans ma précédente expérience avec un supérieur, la manière de procéder est différente. Beaucoup moins violente, plus facile à rembarrer.

L'emprise reste néanmoins la même. Il s'agit de mon chef, il est très haut placé dans la hiérarchie, que va-t-il se passer si je le repousse ?

Entendez-moi bien. Un homme dans un bar, dans une soirée, vient me parler, me saisit la main et exige un bisou sur la bouche, je l'envoie promener sèchement. Il se peut même que je lui assène quelques règles de savoir-vivre. Peut-être une insulte au passage.

Mais face à mon employeur, celui qui fait et défait les carrières de cette rédaction, je ne suis plus certaine de la conduite à tenir.

Une nouvelle fois, je dois me livrer à un numéro d'équilibriste. Je ris, fais semblant d'être cruche, de ne pas avoir compris, pour finalement l'esquiver habilement sans le froisser.

Je sors de sa voiture en nage, j'ai le dos trempé.

S'il savait l'énergie qu'il faut pour trouver tous ces stratagèmes d'esquive, s'il savait à quel point il est difficile de dire non à quelqu'un qui a un tel pouvoir. Un pouvoir sur moi.

Et c'est ce pouvoir-là qui pose problème.

Mes premières expériences professionnelles ont été bouleversées par ces rapports de pouvoir dérangeants, mais je ne suis malheureusement pas la seule. Au fil de mes années dans les rédactions sportives j'ai entendu des dizaines d'anecdotes, plus ou moins drôles, plus ou moins choquantes.

Cette jeune journaliste qui, en déplacement professionnel, a reçu un texto en pleine nuit du directeur de sa rédaction qui partageait le même hôtel : « Si tu veux une grande carrière, voilà le numéro de ma chambre. »

Dans une autre rédaction, une consœur se plaignait régulièrement aux ressources humaines de son supérieur hiérarchique qui regardait des séquences à caractère pornographique alors qu'ils se trouvaient seuls dans l'open space. Rien n'a jamais été fait, assure-t-elle.

Ou cette présentatrice qui reçoit un jour un message de son nouveau chef de service, tout récemment nommé : « Maintenant que je suis ton chef, tu vas pouvoir me sucer. » Puis, suite à son silence, un autre message : « Je rigole, ne sois pas choquée. »

Oui, tout ça, c'est pour rire. Pourtant je ne vois vraiment pas ce qui est drôle dans le fait d'humilier une femme et la ramener constamment à son genre.

Dire à une subalterne : « Tu as mis du rouge à lèvres aujourd'hui, c'est bien, tu as une belle bouche à pipe. » Commenter systématiquement ses tenues, son look, son maquillage, exprimer sa déception lorsqu'une journaliste aux cheveux longs se les coupe au carré, car « c'est dommage, je ne pourrai plus t'imaginer à quatre pattes en te tirant les cheveux ». En tout cas, moi, ça ne m'a jamais amusée. J'ai dû sourire, par gêne plus que par complicité.

Il y a aussi le sexisme systémique, moins direct mais tout aussi violent psychologiquement. Cette journaliste à laquelle son rédacteur en chef a répété plusieurs fois qu'elle n'était là que pour remplir les quotas de « jolies filles », qu'elle avait volé son travail à un homme et qu'elle ne méritait pas sa place.

Et cette histoire hallucinante livrée dans le documentaire *Je ne suis pas une salope*. Cette journaliste enfermée dans un bureau par son rédacteur en chef. Filmée par ce dernier avec son téléphone portable, elle n'a été autorisée à sortir qu'après avoir avoué qu'elle aimait les filles. Quotidiennement humiliée par ce supérieur à propos de son orientation sexuelle présumée, cette journaliste en a parlé, beaucoup, à ses collègues.

Lorsqu'il a fallu aller plus haut, voir les ressources humaines ou les dirigeants de la chaîne, la jeune femme s'est ravisée. Et elle s'en est expliquée dans le documentaire : « Qu'allait-il se passer ? Il allait recevoir un blâme, un avertissement ? Mais c'est lui qui me faisait bosser, s'il apprenait que je m'étais plainte, il ferait de ma vie un enfer. »

Ces histoires, nous les partagions entre collègues, parfois, autour d'un verre ou d'un café. Jamais ensemble. C'étaient des anecdotes isolées, lancées comme ça. « Tu sais ce qui est arrivé à unetelle du service de telle chaîne ? » Nous commentions les faits, souvent abasourdies, mais ça n'allait pas plus loin. J'étais surprise de ne pas être la seule à les vivre et surprise aussi de leur banalité. On vivait avec, depuis des années, point à la ligne.

C'est comme ça que j'ai découvert le système.

C'est comme ça que j'ai dû apprendre à l'accepter, à composer avec.

À jouer le jeu.

Laisser certains collègues penser que j'étais une petite chose par exemple. Prétendre la naïveté, demander volontiers des conseils aux hommes plus expérimentés. Sourire, beaucoup, et à tout le monde.

Apprendre à faire semblant, quand une vanne sexiste – sur moi évidemment – fait éclater de rire toute une rédaction.

Accepter en ricanant qu'on me parle de mes seins (trop petits pour l'antenne), de mes fesses (trop larges pour ce pantalon).

Et accepter que, d'une certaine façon, la seule chose qui importe dans mon métier à la télévision, c'est ce à quoi je ressemble. Ce que je dis, on s'en moque. L'essentiel c'est l'apparence.

Pour une femme, j'entends, car pour les hommes il n'y a pas la même rigueur. Un homme peut être moche à la télévision, ce n'est pas bien grave. Une femme en revanche, ça doit être joli, joli à regarder. À écouter, non. Regarder, oui.

Et accepter ça, c'est davantage qu'accepter le système, c'est jouer son jeu et l'alimenter.

Il faut savoir quelque chose, c'est que je ne vois rien. Vraiment rien.

Il me faut des lunettes pour distinguer autre chose que des formes approximatives. Mais, depuis des années, ce flou me convient. J'aime ne pas en porter et vis au quotidien dans un brouillard auquel je me suis habituée. Je préfère même vivre dans ce brouillard. Quand le monde m'apparaît net, il me heurte, je le trouve trop clair, trop précis, trop violent.

Mais pour l'antenne, j'y suis bien obligée, je porte des lentilles de contact. Pour lire mes fiches, ou pour réagir aux images en direct.

Ce jour-là, jour d'émission, j'ai oublié ma paire de lentilles chez moi. Et personne ne peut me les apporter. Après une forte angoisse et quelques réflexions, on me suggère de porter mes lunettes sur le plateau. C'est inévitable et c'est la seule solution pour que je puisse être à l'aise.

L'émission débute normalement mais, au bout d'une heure environ, un collègue consultant présent sur le plateau me glisse que mes lunettes font « le buzz ».

C'est l'un des sujets les plus commentés du moment sur les réseaux sociaux.

Pendant une pause publicité, je regarde discrètement les commentaires sur mon téléphone. C'est vrai, on ne parle que de ça.

Je reçois même un message d'un ami qui me dit : « J'ai vu que tu étais un des sujets les plus commentés sur Twitter, j'ai cru que tu étais morte. Mais non, il ne s'agit que de tes lunettes, tant mieux finalement. »

Mon premier sentiment, je ne vais pas mentir, c'est de la vanité. Je suis flattée.

Rapidement, je déchante.

Notamment quand ma hiérarchie me complimente : « Très bonne idée les lunettes. »

Cette remarque me contrarie. Car je comprends que visiblement c'est la seule façon d'exister sur le plateau.

Alors va pour les lunettes. Pendant des semaines, je les sors à chaque émission.

Et ce comportement m'agace. Je m'agace. Je cède à ce que je dénonce, je cède au système, je joue avec lui, j'adopte ses codes. Pire même, j'y participe. Les commentaires qui me flattent sur les réseaux sociaux me sexualisent. Les messages sont dégradants, libidineux, intimes. Et ils ne m'offensent pas. Au contraire. Là, j'existe. Et je suis fière d'être à ce point plébiscitée. Pas pour mon travail. Pour mon physique. Pour mon look de « secrétaire salope ». Puis finalement, après quelques émissions, ce statut commence à me déranger.

Comment puis-je défendre la place de la femme au sein des rédactions sportives et des plateaux si moi-même je joue le jeu de la jolie plante qui n'est félicitée que pour son apparence ?

Un soir de pensées et d'observations sur le patriarcat et sur mon métier, je prends la ferme décision de ne plus jamais prendre part au système.

Et ma première grande révolution – et quelle révolution – c'est de ne plus jamais mettre mes lunettes à l'antenne.

Pour dire la vérité, j'ai été bien conseillée, guidée par mes chefs. J'ai eu des débriefs de mes passages à l'antenne, des remarques pour m'aider à être une meilleure journaliste. Les rédactions dans lesquelles je suis passée touchaient l'excellence journalistique dans le sport. J'ai côtoyé les meilleurs. Qui m'ont donné les meilleurs conseils pour être une bonne journaliste.

Poser les bonnes questions, courtes, ne pas trop parler, le plus important c'est d'être précis. Donner les bonnes infos au bon moment. Savoir couper la parole pour pouvoir donner ton chiffre, ne rien lâcher.

J'ai été bien aiguillée.

Mais d'une manière générale, ce à quoi je ressemble à l'antenne semble être le principal. Ce à quoi je dois ressembler pour convenir à la télévision française.

Lors d'une discussion enflammée avec un dirigeant de chaîne, j'avais pointé le manque de recrutement des femmes. J'avais notamment fustigé son choix d'un plateau d'émission composé uniquement d'hommes. En souriant, il m'avait répondu : « Tu sais, tu as raison, mais je ne trouve pas de femmes ! Je cherche mais je ne trouve pas. » C'est faux. Des femmes, il y en a. Beaucoup postulent dans les rédactions. Ce ne sont pas « des femmes » qu'il cherchait. Ce sont des femmes jolies.

Un soir de dîner légèrement alcoolisé, nous avions fait ce constat avec une amie journaliste : nous nous ressemblons toutes.

Nous avions sorti nos téléphones et tapé les noms de toutes les journalistes de sport à la télévision.

Les femmes que l'on voit à l'antenne, celles que l'on fréquente de plus ou moins loin, nos collègues, nos amies, nous sommes toutes les mêmes. On pourrait nous changer de chaîne et d'émission, personne ne s'en rendrait compte.

Nous nous ressemblons toutes.

Toutes minces, toutes blanches, toutes blondes (ou brunes), toutes « jolies à regarder ». Nous sommes interchangeables. Chacune pourrait occuper la place de l'autre, ça ne changerait rien.

J'avais eu un échange avec une journaliste racisée, lors de la sortie de mon documentaire *Je ne suis pas une salope*. Elle avait reproché ce casting trop blanc. Je m'étais alors posé la question : pourquoi sommes-nous toutes pareilles ? Car cette journaliste avait raison : aucune Noire, aucune Arabe, aucune métisse. Alors pourquoi n'y a-t-il que des journalistes de sport blanches et minces ?

Quelle image devons-nous renvoyer, nous les femmes, à la télévision ? Qu'est-ce que les chaînes veulent qu'on représente ?

Un idéal ? Une femme parfaite ? La femme parfaite pour le consommateur de football ? Donc cette femme parfaite ne doit pas trop parler si j'ai bien compris. Elle doit être présente, souriante, mais ne pas trop en faire. Ne pas trop la ramener et surtout pas sur son expertise dans le football. Poser quelques questions, ça elle peut. Parce que ça veut dire qu'elle ne sait pas vraiment, donc ça passe.

Et puis si elle est jolie, c'est encore mieux.

J'ai un souvenir amusé d'une émission au cours de laquelle j'ai tenté d'exprimer une opinion footballistique sur un joueur que je jugeais bien utilisé en sélection et mal en club. Dans mon oreillette, le chef d'édition me glisse un savoureux « on s'en bat les couilles de ton avis ». C'était pour rire, ça m'a fait rire. Et la vérité, c'est que, même pour plaisanter, il a raison. Sur cette émission, personne n'attend de moi que je donne mon avis.

Cette femme parfaite doit aussi être bien habillée. Ou du moins habillée comme on veut qu'elle le soit. Il m'est arrivé d'aller au bord du conflit avec un de mes employeurs qui souhaitait valider absolument toutes mes tenues. Tout ce que je portais était surveillé, travaillé, annulé, remplacé. Au point où le stylisme était devenu plus important que le contenu lui-même. Je m'arrachais les cheveux.

Pour chaque émission, je devais défiler devant des producteurs qui disaient si oui ou non la tenue était sympathique, adéquate avec ce qu'on voulait raconter. Puis, des photos étaient prises et envoyées à la chaîne qui repassait sur nos premières décisions, et si ça ne plaisait pas, ce qui était systématiquement le cas, il fallait tout recommencer.

Tout le monde était très compréhensif devant mon agacement, tous désolés de cette situation ubuesque et d'un autre temps. Mais c'était ainsi.

Et l'accepter, c'était jouer le jeu du système. Ce que j'ai fait pendant des années.

J'aurais rêvé d'apparaître un jour sans maquillage. Juste pour voir les réactions. Mais mon amie journaliste m'avait dit : « Tu sais, on fait de la télé. » Bien sûr qu'elle avait raison. Le traitement des femmes et des hommes n'y est néanmoins pas le même. La preuve, des hommes laids à la télévision, il y en a. Pour les femmes, c'est bien plus rare.

Septembre 2023

Je n'ai pas dit à mes amies que j'écrivais ce livre. Je ne sais comment et quand je le ferai... Je ressens une certaine pudeur à parler de ce texte, je ne saurais l'expliquer. J'ai toujours le sentiment de ne pas être légitime, que je vais être jugée, mal évidemment, pour ce que j'écris.

Peut-être qu'un jour le livre sortira, je posterai sur les réseaux sociaux une photo de la couverture, discrètement, sans chichi, en annonçant sa sortie. Sans avoir prévenu mes proches.

Et je recevrai des messages d'incompréhension, de questionnement : « Pourquoi tu ne nous en as pas parlé ? »

J'ai honte. Je crains de mettre mes amies en colère. Surtout celles qui ont exercé le même métier que moi. J'ai peur de les voir s'interroger, sur mon engagement – encore du féminisme, encore le sexisme, encore notre milieu, pourquoi, c'est une mode, elle me passera. Ou pire, elles penseront peut-être que j'ai trouvé le bon filon, et que je vais l'exploiter jusqu'à l'épuiser.

Ce que je sais, c'est qu'au moment de la sortie du documentaire, nous l'avons admis, ensemble : nous n'avons rien dit. Toutes, nous avons minimisé ce que nous avons vécu, pour la simple et bonne raison que la plupart d'entre nous étaient encore en poste lors des entretiens.

Nous avons beaucoup discuté, notamment avec une d'entre elles, qui ne m'aimait pas beaucoup, avant. Nous étions en concurrence. Dans la même chaîne, sur les mêmes émissions, nous étions seules, deux femmes à partager la même compétence, interchangeables. Le système sexiste et patriarcal qui existe au sein des rédactions sportives nous a laissé croire qu'on ne pouvait pas être plusieurs dans le même domaine. Il ne pouvait y en avoir qu'une.

Le documentaire nous a rapprochées. Nous avons réalisé que nous partagions les mêmes valeurs, mais que de temps perdu ! Aujourd'hui, nous ne nous voyons pas beaucoup, je ne sais si on peut dire que nous sommes amies. Mais il est certain que quelque chose nous lie.

Nous avons donc analysé, disséqué la situation post-documentaire. Et nous avons ri, un soir, après une bouteille de vin partagée. Mon Dieu, si nous avions tout révélé ! Quelles auraient été les réactions ?

C'est aussi la raison pour laquelle j'ai voulu poursuivre le travail amorcé avec toutes ces femmes dans le documentaire.

Tout n'a pas été dit.

Aujourd'hui, on me demande souvent quel conseil je donnerais à une jeune journaliste qui souhaiterait s'imposer dans le monde du sport. La vérité, c'est que je n'ai aucun conseil à donner à qui que ce soit. Chacun et chacune fait comme il peut, avec son histoire, ses armes et ses faiblesses. Je n'ai aucune légitimité à donner des recommandations car, dans mon histoire professionnelle, j'ai aussi eu de la chance. En 2010 lorsque je débute, il faut des femmes. L'idée des plateaux de télévision composés uniquement d'hommes commence à déplaire. Il embarrasse. La question de la représentation féminine à la télévision est posée, la société s'en mêle.

Il faut donc des femmes pour habiller les plateaux télé. Et quand j'écris habiller, je pourrais aussi dire décorer.

Car la première idée des chaînes fut de proposer à des jeunes mannequins de présenter les journaux de sport.

J'imagine aisément la réunion de réflexion sur le sujet.

« Bon, on vient de nous prévenir, il faut des filles dans les émissions.

— Des filles ? Mais elles ne connaissent rien au sport !

— Je sais, Jean-Michel, c'est bien ça le problème.

— On pourrait proposer des filles qui viennent annoncer le prochain programme par exemple ?

— Ben c'est encore ça le problème, Jean-Michel. Il faut des filles qui parlent de sport. Dans les émissions en plus, t'imagines !

— Des journalistes femmes ? Y en a une ou deux mais bon...

— Je sais, Jean-Michel, ça va être compliqué. J'ai bien une idée...

— Dis-moi !

— On va chercher des jeunes et très jolies filles. Des filles dans les agences de mannequins quoi tu vois. Et on leur dit de lire le prompteur où on écrit le journal dessus.

— Pas bête, pas bête. Les gens qui regardent du sport, c'est des mecs. Et là, bim, tu proposes une jolie fille qui donne les résultats, c'est parfait !

— Ça va faire grimper les audiences, ça... »

L'idée est validée. De jeunes mannequins sont alors recrutées sur certaines chaînes sportives pour présenter les journaux. Et elles le font très bien. Malgré évidemment les quelques désagréments qui vont avec – pour elles – mais dont les décisionnaires se désintéressent : les téléspectateurs ne commentent que leur physique. Si les messages liés à la beauté sont certes souvent sympathiques, parfois, il faut le dire, les présentatrices sont considérées par les téléspectateurs comme de jolies plantes vertes. Cela ne bouleverse personne dans les hautes instances, la qualité recherchée étant surtout physique. Et finalement, la société avançant sur la place des femmes, il faut aller plus loin.

« Bon, on vient de l'annoncer, il faut maintenant des journalistes, des vraies journalistes.

— Oh, pourquoi ? Ça marchait très bien là !

— Oui, Jean-Michel, mais on nous demande plus de place pour les femmes dans le sport.

— Ah…

— Je sais, Jean-Michel, je sais. »

Des années durant, on a privilégié le physique – et, je le précise une nouvelle fois, ces mannequins n'étaient pas décérébrées, elles ont juste été les « cobayes » d'un système visant à féminiser, oui, mais certainement pas à prendre la place des hommes.

Lorsque finalement la société a évolué et qu'on a cherché à recruter des femmes pour partager le travail des hommes, personne ne s'est posé la question de savoir comment nous serions considérées.

Difficile de s'imposer sur un plateau quand, pendant des années, le téléspectateur a été conditionné à penser que la femme à l'antenne était là « pour faire joli ».

C'est ce que nous avons vécu, toutes, lorsque nous sommes arrivées en tant que journalistes dans le salon des gens et aussi dans les rédactions sportives.

Nous avons eu la – lourde – tâche de légitimer ce progrès.

Je me dispute régulièrement avec mes amis journalistes hommes qui ne comprennent pas cette difficulté. À quel point ce manque de légitimité a été un inconvénient pour moi. J'ai passé plus de temps à chercher à prouver que j'avais ma place qu'à travailler. Un dimanche après-midi, je me suis mise à fouiller dans les albums photo de mes parents, en quête de preuves irréfutables de mon amour pour le foot. N'importe quoi aurait faire l'affaire, une photo de moi adolescente dans un stade, avec n'importe quel maillot, à l'un des nombreux tournois de la région où j'accompagnais mes frères. Une photo ancienne, que j'aurais pu poster sur les réseaux sociaux, qui témoignerait indiscutablement de ma passion infinie.

Je me suis aussi fustigée de ne pas avoir joué en club, de ne pas avoir foulé moi-même les pelouses, comme la plupart de mes confrères qui avaient, eux, été proches de devenir des joueurs professionnels.

J'ai donc eu de la chance.

J'ai d'abord rencontré des personnes incroyables dans les différentes rédactions où je suis passée, des collègues qui sont devenus de vrais amis. Et je suis arrivée au bon moment. Cette fameuse bascule où la féminisation des plateaux sportifs est devenue indispensable et où il a fallu recruter des journalistes sortant d'école. Tout est allé très vite. Nous n'étions pas nombreuses. Aujourd'hui, j'ai l'espoir de me dire que les femmes journalistes dans les rédactions sportives ne sont pas un sujet ni un quota. Elles sont là, c'est tout.

Lorsqu'on me demande donc des conseils pour les jeunes journalistes qui chercheraient à faire carrière, je ne sais que répondre.

Je me donnerais bien ce conseil à moi-même. J'aurais eu beaucoup de mal à l'appliquer quand j'étais jeune mais il m'aurait, je pense, bien servi : ne pas rire.

Ne pas rire quand un rédacteur en chef me dit en me croisant dans le couloir : « Tu as un cul, je suis sûr qu'on est bien dedans », observation qui m'a mortifiée et à laquelle j'ai fait semblant d'avoir bien compris la très bonne blague ahaha qu'elle est drôle ahahaha. Ne pas rire quand un collègue de travail me demande devant toute la rédaction si j'ai déjà trompé mon mari et quel journaliste j'aimerais bien sucer si j'en avais l'occasion. Ça aussi c'était hilarant.

Ou lorsqu'un autre, hiérarchiquement plus haut placé, me dit qu'il divorce, que sa femme est une grosse salope, comme vous toutes, vous aimez ça hein nous faire chier comme des salopes.

Ne pas rire. Et innocemment faire comme si je n'avais pas compris la blague.

À la place, parler un peu fort pour que des témoins entendent. Avec le sourire, et naïvement demander : « Attends, pardon, je n'ai pas compris, tu peux répéter ? Je n'ai vraiment pas compris ce que tu as dit. Que j'ai un beau cul et que tu serais bien dedans ? Je ne comprends pas, c'est une blague ? »

Ne pas rire, ne plus rire. Faire semblant de ne pas entendre, de ne pas comprendre, mais surtout ne pas rire. Car effectivement, rire incite à la récidive. Je peux tout à fait excuser les auteurs de ces « blagues » pendant toutes ces années.

Si, chaque fois, à chaque raillerie sexiste j'ai souri, d'une certaine manière j'ai encouragé.

Je les ai stimulés. Je ne peux pas exiger de ces excellents humoristes qu'ils comprennent d'eux-mêmes que ce rire est en fait un rire de gêne. Un rictus d'évitement.

Pendant des années, leurs plaisanteries – nulles – n'ont pas été l'objet de réprimandes, ni de remarques de ma part. Alors pourquoi s'arrêter ? Je suis même certaine que pour quelques-uns ces vannes n'étaient pas « genrées », qu'elles participaient à leurs yeux à une tentative de sociabilisation maladroite et naïve. « Super, elle a ri à ma blague sur son décolleté, la prochaine fois, je lui parlerai de son rouge à lèvres, elle est vraiment sympa et rigolote… »

Je peux tout à fait comprendre que ces hommes-là se sentent dépassés. Ils ne voulaient pas réduire la femme à son sexe, mais juste trouver un terrain d'humour commun. Dans la société actuelle c'est quelque chose qui revient beaucoup.

Le ras-le-bol des femmes et l'incompréhension des hommes qui le suit. Pourquoi tout à coup ne peuvent-ils plus faire ce genre de blagues ? Avant, elles riaient, pourquoi maintenant ça ne passe plus ?

C'est là qu'on arrive à faire le tri.

Ceux qui acceptent et qui conçoivent que, peut-être, leurs blagues sexistes ont participé à la difficulté des femmes de s'imposer dans le monde du travail. Qu'effectivement il y en avait beaucoup, des boutades sur le sexe de leur collègue. Que oui, c'est vrai, à lui, personne n'a jamais demandé en pleine réunion s'il pratiquait la sodomie, personne n'a commenté son petit jean qui lui fait de belles petites fesses à croquer. Personne n'a jamais remis en question son professionnalisme en justifiant sa réussite par une évidente rétribution sexuelle.

Ces hommes-là écoutent et acceptent éventuellement de se remettre en question.

Et puis il y a les autres. Ceux qui refusent tout simplement.

Je dis que ce sont des hommes qui sont restés sur le quai. Ils ont vu le train passer et ont décidé de ne pas monter à bord. Et il y en a beaucoup, des hommes sur le quai. Ils prennent leur café ensemble, commentant la société d'« on ne peut plus rien dire », celle de « c'était mieux avant » quand les femmes ne parlaient pas de leur mal-être, quand elles ne réagissaient pas.

À ceux-là, je préfère ne rien dire. Nous ne nous comprendrons pas, de toute évidence.

Octobre 2011

Je travaille depuis quelques mois à l'antenne quand je reçois un message privé sur Twitter d'un rédacteur en chef d'une grande rédaction. Cet homme se présente, me dit qu'il regarde mes journaux et qu'il aimerait me rencontrer. Je suis surprise et flattée. Je lui réponds bien sûr favorablement. Il me donne rendez-vous quelques jours plus tard dans un café à Paris.

Lorsque j'arrive, je le trouve fabuleusement avachi sur un canapé, les jambes écartées. Il me regarde et je comprends tout de suite, à l'instant où ses yeux se posent sur moi, qu'il ne s'agit pas d'une rencontre de travail.

Nous nous présentons et discutons rapidement, très rapidement, de mon parcours. Je viens de débuter dans le milieu du journalisme sportif, je ne connais personne. Je crois même qu'outre les rédacteurs en chef qui m'emploient actuellement, il est mon premier « contact ».

À l'école de journalisme, on nous l'a dit. Le plus important, c'est le réseau. Les contacts que tu te fais, les rencontres qui te permettent d'être le premier de la liste en cas d'offre de travail.

Et on nous l'a dit aussi, le travail, il n'y en a pas beaucoup.

Je me souviens d'avoir été en désaccord total avec la plupart de mes professeurs qui passaient leur temps à nous annoncer à quel point nous peinerions à trouver un emploi. J'avais, un jour – je ne sais ce qui m'avait pris, je devais être dans une période de dépression intense –, rugi sur un intervenant qui ponctuait son cours de « ça va être dur », « vous allez galérer ».

Je lui avais proposé de nous conseiller de nous suicider, au point où il en était.

Je me souviens des têtes se tournant vers moi, assise en fond de classe. Ma bonne amie Céline, qui me regardait avec un large sourire, avait surenchéri immédiatement : « C'est vrai, monsieur, c'est pénible à la fin, vous nous dites tous qu'on a choisi le mauvais métier, mais ça y est, on l'a choisi, donc merci de ne pas nous décourager tout le temps. »

Ce professeur était le plus gentil et le plus timide de l'année, nous avions tous beaucoup d'affection pour lui. Il a cherché ses mots et balbutié un inaudible « pardon, je n'avais pas réalisé ». J'étais désolée que ma lassitude tombe sur lui.

Les contacts, nous a-t-on dit, c'est donc très important. Ce rédacteur en chef est mon premier.

Même si je ne désire pas quitter ma chaîne, je pense que c'est utile pour moi de rencontrer les personnes qui comptent dans ce métier. Ainsi suis-je assise face à cet homme aux jambes écartées.

« Tu as un petit ami ? »

Et voilà. S'ensuit une discussion banale où je comprends que mon profil journalistique ne l'intéresse pas plus que ça. Après un café hâtivement bu, j'écourte la rencontre et tente de m'éclipser poliment. Mais l'histoire ne s'arrête pas là.

Quelques années plus tard, j'ai évolué dans mon métier. Je suis maintenant journaliste-présentatrice sur une grande chaîne et j'interviewe en plateau d'éminents joueurs de football. Un dimanche, nous recevons un gardien du championnat de France dans l'émission. C'est l'événement du jour. Tous les dirigeants sont présents en plateau pour le saluer, c'est dire l'importance de l'invité. L'émission se passe sans encombre, nous sommes satisfaits de l'interview qui a duré presque une heure, en direct, entre deux matchs. Nous sommes félicités par la direction, le joueur nous salue et la journée se termine.

Le lendemain, je suis dans le métro, en chemin vers le travail, quand je reçois un appel de ce rédacteur en chef aux jambes écartées. Je n'ai pas un très bon souvenir de notre première et unique rencontre, mais je prends tout de même l'appel, certainement par curiosité.

Il agit comme si nous nous étions quittés la veille, comme si nous étions de vieilles connaissances. Il précise qu'il est dans sa rédaction, que son téléphone est en haut-parleur, qu'il s'exprime devant des apprentis journalistes qui sont à ses côtés.

Devant son auditoire, il dissèque mon interview de la veille. Quel dommage qu'elle ait été si niaise et sans fond, je l'avais habitué à mieux, que s'est-il passé ? Je suis sans voix, toujours assise dans le métro, sans aucune repartie convenable.

Je crois qu'outre l'humiliation de voir mon travail détruit ainsi par une personne haut placée et devant des confrères et consœurs, je suis surtout déconcertée par cet homme que je ne connais pas, avec qui je n'ai jamais travaillé, qui se permet de m'appeler un lundi à 9 heures pour briller devant sa rédaction. Car c'est exactement ce que cet appel veut dire. « Regardez bien, moi, je suis important. Moi je connais tout le monde. Et d'ailleurs la petite journaliste qu'on a tous vue hier à la télé entre les deux matchs, oui, celle qui m'a rejeté il y a quelques années, je la connais. Et elle est nulle. D'ailleurs, je vais le lui dire, tiens, restez à côté et regardez comme je vais le lui dire. »

Ce procédé tient plus d'un sadique en manque d'avilissement que d'une expérience ordinaire de sexisme au travail, mais elle est tout de même dirigée envers une femme.

Aurait-il eu la même méthode si j'avais été un homme ? Certainement pas. Il se serait contenté, comme tout le monde, de me critiquer en douce et de dire à tout le monde à quel point j'étais un mauvais journaliste. Mais il n'aurait pas pris la peine de m'appeler et de m'humilier ainsi. Probablement par peur d'un poing au visage lors d'une rencontre.

Il me semble avoir répondu un vague et ironique « merci pour ton retour précieux » et avoir raccroché.

Et je n'ai plus jamais eu de nouvelles de cet homme, plus directement du moins. J'ai appris quelques années plus tard qu'il avait été licencié pour harcèlement sexuel et moral au travail.

Tiens donc.

Je crois que je ne me suis jamais sentie aussi inefficace que pendant les réunions de préparation d'émissions. Étant en minorité, il m'est arrivé plusieurs fois de me retrouver seule femme dans la salle, encadrée d'une vingtaine de confrères masculins. Je ne suis pas timide dans la vie, je n'ai pas peur de prendre la parole et de me faire entendre. Pourtant, je m'y suis sentie écrasée, jugée et si attendue au tournant qu'il a souvent été difficile de m'imposer. J'ai maintes fois tenté de proposer des idées de reportage et de montrer que j'avais préparé cette conférence de rédaction, mais, je ne sais pas par quel procédé, je ne suis jamais parvenue à vendre une de mes propositions.

Il y en avait pourtant de bonnes. Un collègue a un jour fait remarquer en plaisantant à notre chef que cela faisait deux fois de suite que le sujet que j'avais suggéré et qui avait été refusé finissait par faire la une d'un grand quotidien de sport le lendemain. Comme quoi, mes idées n'étaient pas toutes à jeter, avait-il ajouté, avec un air entendu. Mon chef avait fait semblant de ne pas entendre et avait rapidement changé de sujet.

Il m'est aussi arrivé de proposer un reportage devant mes collègues. L'idée avait fait son chemin durant toute la réunion, nous avions, ensemble, débattu de l'angle précis qu'il fallait choisir pour traiter au mieux le sujet. Cela avait duré au moins trente minutes, jusqu'à ce qu'un collègue, bien plus âgé et plus influent, reprenne le projet à son compte, proposant exactement la même idée, avec d'autres mots. J'ai presque ri, m'attendant à ce que quelqu'un réagisse, « oui, c'est ce que Marie a suggéré tout à l'heure ». Mais personne n'a relevé. J'étais tellement abasourdie, presque amusée, que je l'ai fait moi-même : « Mais c'est exactement ce que je viens de dire ! » Réponse du journaliste âgé et influent : « Oui, mais pas vraiment... Finalement on a trouvé la bonne formule. » Et voilà, le reportage a été tourné, mais je n'en ai reçu aucun crédit.

J'ai souvent échangé avec mes consœurs sur ces fameuses réunions, qui ont été douloureuses pour plusieurs d'entre elles, pour des raisons différentes.

Cette collègue qui avait osé tenir tête au présentateur vedette car elle n'était pas totalement d'accord avec l'angle du sujet proposé. Une fois la salle vide, le présentateur l'avait coincée pour lui dire que c'était la dernière fois qu'elle se comportait comme ça, que la prochaine, il ne laisserait pas passer. Aurait-il eu cette réaction avec un homme ? N'aurait-il pas débattu, normalement, comme on le fait dans une conférence de rédaction ? Il n'a pas supporté qu'une femme résiste à ses idées et se permette de le lui signifier, selon ma collègue.

Les réunions de débrief et de préparation sont aussi le bastion des blagues sexistes. Forcément, les journalistes sont tous rassemblés dans une pièce, autour d'une table, leur activité favorite étant de critiquer les autres émissions, les autres chaînes, raconter des histoires sur untel ou unetelle, se moquer du commentaire de tel journaliste, de la tenue vestimentaire de celle-ci, de l'interview de celle-là.

Je m'y suis toujours sentie à part. Attention, je n'étais pas la dernière à participer à ces conversations, je riais parfois franchement. Mais j'étais mal à l'aise. Je pense que la plupart des journalistes présents aussi, finalement. L'effet de groupe est nocif. En meute, on se sent surpuissant. Plusieurs fois, dans le métro ou au cinéma, j'ai constaté ce genre de comportement. Un groupe de jeunes entre dans la rame, parle très fort, rit et se moque des autres usagers. Aucune retenue, pas de politesse, ils sont ensemble, il ne peut rien leur arriver. Alors ils franchissent des limites et se comportent comme ils ne le feraient jamais s'ils étaient seuls ou à deux. Le groupe vit donc dans cette rame, dérange les autres et s'en moque. Puis, une grande partie de la bande descend à une station. Malheureusement pour lui, un des jeunes continue son trajet. Il reste seul dans la rame. Et fait face aux regards réprobateurs des usagers. Le groupe protège et quand le groupe n'est plus là, les comportements sont différents.

Dans les rédactions, c'est exactement la même chose. Des phrases sont dites, des blagues répétées, des appréciations faites, des déclarations qui n'auraient jamais existé si le groupe n'encourageait pas ces comportements.

Et dans les réunions de préparation d'émissions de football, ce qui prime, ce sont les blagues sexistes. Dont certaines me faisaient rire. Mais pas toutes. En réalité, dès que les collègues touchaient au travail, leurs blagues ne m'amusaient plus. Elles me mettaient même en colère.

Je me souviens de cette journaliste, très jolie, vingt-cinq ans, qui avait un jour suggéré une interview d'un grand joueur.

L'idée était bonne, évidemment, on l'avait eue avant elle, mais les journalistes présents l'avaient tout de suite mise en garde : elle n'y arriverait pas. Cela faisait des mois que ce grand joueur international avait rejoint le championnat, tout le monde avait essayé de l'interviewer, personne n'y était parvenu, bonne chance donc.

Cette journaliste est revenue quelques jours plus tard, l'interview en poche. Nos collègues étaient sciés. Comment avait-elle fait ? Une seule explication possible.

Elle l'avait sucé.

La journaliste était si jolie, il avait dû succomber à sa demande pour cette simple raison, sinon pourquoi elle ? Comment ? Non, clairement, c'était la seule explication possible.

Je n'étais pas proche de cette femme, nous n'étions pas amies, mais j'avais pris cette remarque comme si elle m'était destinée. Alors, j'étais allée lui demander comment elle avait fait, comment elle avait obtenu cette interview.

Elle m'a répondu avec un grand sourire qu'elle avait joué sur cette attente. Lorsqu'elle avait eu l'attaché de presse au téléphone, elle lui avait expliqué la situation : elle, jeune journaliste, tout juste arrivée au service des sports de la chaîne, premier contrat, première semaine, elle se savait attendue au tournant. Elle avait assuré à l'attaché de presse qu'il pouvait changer sa vie, il en avait le pouvoir. Elle avait naturellement plaidé la jeunesse et la naïveté, avait prévenu que personne ne croyait en sa réussite. Face à mon amusement, elle a conclu en riant : « Je pense qu'il a eu pitié de moi. » Elle a obtenu une seule minute d'interview en sortie d'entraînement, mais cela a suffi à écrire sa légende au sein de la rédaction.

Une légende de salope.

J'ai vécu le sexisme systémique dans chaque rédaction à plus ou moins grande échelle. Mais j'ai vraiment compris ce qu'étaient l'inégalité et la discrimination au moment de ma première grossesse.

Quelques jours avant que je découvre que j'étais enceinte, une rédaction m'avait contactée et proposé un entretien. Pas une rédaction. LA rédaction. La plus belle, la plus grande, la meilleure. Mon rêve.

Je me rends aux entrevues, sachant donc que j'attends un bébé. Mais ce travail-là, c'est presque le Graal. Je ne sais comment me comporter. Dois-je en parler déjà ? Ou faire comme si de rien n'était ? Ma mère m'avait dit : « Ne dis rien. Tu es enceinte de moins d'un mois, garde-le pour toi. » J'avais pris la décision de ne rien dire pendant les entretiens – cinq au total.

Un jour, la directrice des ressources humaines m'appelle pour m'annoncer que tout est bon, que, si je suis toujours d'accord, mon contrat est prêt à être signé. À ce moment, je suis enceinte de deux mois tout au plus. Je prends la décision de le dire. Je ne me vois pas signer un contrat puis débarquer deux mois plus tard, le ventre arrondi : « Ah mais oui, au fait, j'avais oublié de vous prévenir ! » J'envoie donc un message au directeur pour lui demander si on peut se parler au téléphone avant que je signe le contrat. La nuit précédant ce coup de fil, je ne dors pas. J'imagine toutes les situations possibles.

La première, la plus probable à mon sens : « C'est formidable, Marie, mais tu imagines bien qu'on ne peut pas t'embaucher là, tout de suite : la saison débute dans deux mois et tu partirais en congé maternité à peine trois mois après ton arrivée, ce n'est pas possible. Mais restons en contact, et voyons pour l'année prochaine. »

La deuxième : « Ah merci d'avoir prévenu, nous allons prendre quelqu'un d'autre. »

La troisième : « OK, c'est noté, est-il possible de ne pas prendre de congé maternité, ou du moins de l'écourter au maximum ? »

À aucun moment je n'avais envisagé la réponse franche et directe que le directeur m'a donnée après que j'avais fébrilement et anxieusement annoncé mon état : « Ah mais c'est génial, Marie ! Félicitations ! C'est ton premier ? C'est pour quand ? Ça ne change rien à notre proposition, si je prends la décision de t'embaucher, c'est pour un moment et pas pour une seule saison. Tout va bien. Nous t'attendons pour signer ton contrat. »

Je suis tellement soulagée, si fière d'être recrutée par un homme moderne, progressiste. Un homme comme ça.

Je raconte cette histoire à tout le monde, vantant les louanges du directeur, mon nouveau héros. Nous sommes en 2014, le féminisme n'est pas encore ce qu'il est devenu, mais plusieurs femmes de mon entourage me rappellent que oui, sa réaction est très élégante mais que, somme toute, elle est normale. Que jamais un homme n'aurait rongé son frein toute une nuit, de peur d'annoncer que sa compagne était enceinte. Que jamais un homme n'aurait eu peur d'être recalé d'un poste parce qu'il attendait un enfant. Et que l'injustice entre les hommes et les femmes passe par là aussi.

Sur le moment, je balaye les avertissements. Je débute donc mon contrat en août, comme prévu, ventre bien arrondi.

Tout se passe très bien, à mon sens. Je pars en congé maternité en novembre, comme prévu. Là aussi tout se passe bien, à mon sens. Je continue de suivre l'actualité du football, pour rester connectée avec mon métier, je regarde assidûment les émissions.

Puis mon congé s'achève en avril, comme prévu.

L'ambiance n'est pas la même que lorsque je suis partie. Il faut dire qu'entretemps, la direction a changé. Et je comprends, à mon retour, que sans mon héros de directeur – qui a quitté l'entreprise – je n'ai plus autant de soutiens à la rédaction. J'entends même certaines rumeurs, qui feraient état d'une envie de se débarrasser de moi pendant mon absence. Je tente de ne pas y penser, ce ne sont que des bruits de couloir, personne ne m'a convoquée et puis, finalement, ce serait si injuste que je n'arrive même pas à y croire.

Le jour de mon retour de congé maternité, j'amène les croissants en salle de réunion. Je suis accueillie avec sourires et mots de sympathie pour mon fils qui est né. Je me détends un peu, pas trop longtemps.

Lorsque je découvre le planning qui m'a été attribué pour la semaine à venir, la pression monte d'un cran. Je travaille sept jours sur sept. Et, dans ce planning chargé, je vois deux déplacements, un aller-retour à Saint-Étienne le mercredi et un autre à Lorient le samedi où je dois dormir sur place. Dans l'idée, aucun problème pour moi, au contraire, j'aimerais bien montrer que je suis de retour et que ce n'est pas parce que j'ai eu un enfant que je vais rechigner à travailler. J'ai envie de prouver que mon bébé de deux mois ne va pas être un frein à mon engagement professionnel. C'est visiblement une généralité chez les femmes du service des sports, prouver que leur maternité n'a rien changé. En réalité je pense que c'est une constante dans n'importe quel secteur. Cette absence de plusieurs mois constitue chez nous une part énorme de culpabilité. Nous avons été absorbées par autre chose que le travail, nous avons manqué à l'appel et nous sommes certainement passées à côté de beaucoup de choses dans la vie d'une rédaction. Cette absence – contrainte – a certainement contribué à une forme de discrimination, car, durant ces quatre mois, des décisions ont été prises, des idées ont été mises en place. Et lorsque l'on est inexistant dans une rédaction, eh bien on ne pense plus à vous, tout simplement.

Loin des yeux, loin du cœur, c'est aussi simple que ça.

La discrimination lors du congé maternité est un fait somme toute assez répandu, car il est bien plus facile de se libérer d'une journaliste qui prend trop de place quand elle n'est pas là pour se défendre, n'est-ce pas ?

C'est ce qui est arrivé à une consœur qui, juste avant son départ en congé maternité au début de l'été, avait signé un contrat pour être coprésentatrice d'une émission de sport. Elle a été très surprise, quelques jours avant son retour, de constater que, finalement, l'émission ayant été présentée uniquement par un homme pendant son absence, sa place ne serait plus la même. La formule marchait bien comme ça depuis quelques mois, alors pourquoi changer ? Elle a donc repris son ancien poste, adieu la promotion, merci le bébé. Dégoûtée, elle a fini par quitter le monde du journalisme.

Une autre collègue et amie, elle, a perdu son poste. Sans aucune raison valable, car tout le monde était satisfait de son travail. Elle fait d'ailleurs aujourd'hui partie des journalistes de sport les plus respectées. Son tort à l'époque, c'est d'avoir fait un enfant. Et d'avoir laissé vacant son poste pendant les quatre mois de congé maternité. On l'a tout simplement informée, quelques jours avant son retour, qu'on ne l'attendait plus. Qu'elle pouvait revenir, bien sûr, mais qu'elle ferait autre chose, sa place à l'antenne n'était plus disponible. Aucune autre explication. Aucune justification. Cette amie a démissionné très peu de temps après, pour tenter de retrouver du travail ailleurs, ce qu'elle a brillement réussi à faire.

La volonté de démontrer absolument qu'on peut travailler en plus d'être mère a conduit cette autre journaliste à un sérieux burn-out. Elle avait tant à cœur de travailler, enceinte, puis rapidement après avoir accouché, qu'elle en a beaucoup trop fait. Elle a voulu être sur tous les fronts, tous les matchs, tous les déplacements, toutes les émissions. Et entre le travail qui lui a pris beaucoup de temps, son bébé, la nouvelle maternité et toute l'organisation que cela demande, elle a fini par craquer et a dû être arrêtée pour se reposer.

Le jour de mon retour, je veux aussi montrer que je suis en forme. J'accepte avec enthousiasme les déplacements et le planning bien rempli qu'on m'a réservé. La chargée de planning m'appelle tout de même dans son bureau lorsqu'elle me croise au bout du couloir. Elle tient à s'excuser de cet emploi du temps. Elle a deux filles en bas âge et imagine bien que ce retour très occupé peut être déstabilisant, elle m'assure que les prochaines semaines seront moins dures. Et m'informe que, ce même jour, un autre collègue revient de convalescence, un journaliste qui s'est blessé au genou. Une blessure qui l'a tenu éloigné du bureau pendant plusieurs semaines. La direction a demandé à le ménager. Il ne faut pas qu'il en fasse trop, il est vraiment fatigué par son opération au genou et il a besoin d'un peu de temps pour se réadapter. La chargée de planning me confie cette délicatesse de la direction avec un regard entendu. J'ai bien compris, moi aussi, qu'à partir de maintenant il fallait que j'en fasse deux fois plus.

Ce que j'ai tenté de faire évidemment. Mais cela ne fonctionnait pas bien. Je voyais que ça ne marchait pas sur l'émission dans laquelle j'apparaissais, que mon travail ne convenait pas. Je sentais que mes supérieurs n'étaient pas satisfaits. Je ne faisais peut-être pas ce qu'il fallait. Peut-être que je travaillais mal ? Je ne dis pas que la seule raison pour laquelle je n'y arrivais pas était d'être une femme, ce serait un mensonge. Beaucoup de facteurs ont concouru à mon inefficacité à cette époque, et je suis certainement moi-même un de ces facteurs.

Lorsque j'ai été remplacée autour de la table dans cette émission, le simple mot « remplacer » m'agaçait. Je n'ai pas été remplacée. La femme qui a pris ma succession n'était pas une journaliste. C'était une consultante. C'est à dire que concrètement nous aurions pu partager le plateau, elle en experte, moi en journaliste.

Non.

Une femme. Une seule. Pas possible que nous soyons deux.

Et les articles de presse qui ont annoncé le passage de relais entre nous ont confirmé la règle. Aucun, jamais, n'a précisé que nous n'exercions pas le même métier. C'est quand même fou. « Une telle remplace une telle. » Je pense que si une dentiste remplaçait une avocate, certaines personnes s'interrogeraient sur la capacité d'une dentiste à plaider à la barre, ou celle d'une avocate à pratiquer un détartrage. Une femme remplace une femme.

La vérité est qu'on ne savait pas quoi faire de cette femme en plateau. Une des rares femmes occupant un poste à responsabilités me l'a fait remarquer à l'époque. « C'est drôle que personne ne relève que vous ne faites pas la même chose. » Cette femme a depuis été licenciée et remplacée par un homme.

Ma remplaçante, donc, a effectué un travail remarquable et a certainement participé bien plus que moi au consensus sur la présence des femmes sur les plateaux de sport.

J'aurais aimé y participer un peu plus, moi aussi.

À l'origine de mon objectif professionnel il y a l'idée et l'envie d'aller au stade tout le temps et gratuitement. Les premières fois que j'ai pu accéder aux pelouses des stades de foot, j'étais émerveillée. Le bruit, la hauteur, les footballeurs à portée de main, le public. Tout est magique et grandiose quand on aime le football. Et puis je me sens vraiment privilégiée. J'ai un accès interdit. Personne n'a le droit de venir ici. Moi, si. Et c'est même mon travail. J'en suis extrêmement fière.

Le stade est cruel. Les conditions sont parfois difficiles, c'est moins confortable que le plateau.

Un jour, en plein direct, j'ai reçu une bouteille en plastique sur la tête et j'ai dû en éviter quelques autres tout en annonçant le classement du championnat. Un autre, enceinte, j'ai dû courir dans les couloirs pour accéder rapidement à la zone mixte, l'endroit où les joueurs passent en interview après les matchs. Une fois, aussi, j'ai été la cible de chants sexistes de supporters. Rien de tout ça ne m'a touchée ni perturbée. Ça fait partie du stade.

Ce qui m'a traumatisée au stade, c'est une erreur que j'ai faite et que j'ai répétée.

Ça se passe à Nice. Je présente ce jour-là un match important, c'est la fin de saison, je crois que c'est un match pour le titre de champion. Je suis particulièrement contente de ce que je fais, je me sens à l'aise et je pose les bonnes questions. Sur le chemin du retour, les rédacteurs en chef me parlent du match, des commentateurs, et en viennent à discuter de ma prestation. Sur le contenu, pas grand-chose. Ah si, l'imperméable. Mon imperméable. Celui que je porte est vraiment trop large, il ne faut plus le mettre, on dirait un sac à patates.

Je prends cette remarque sur ma tenue vestimentaire comme le seul retour « négatif » sur ma mission du jour. Et cela me convient parfaitement, car l'essentiel n'est-il pas ce que je dis ? Si la seule chose qui cloche, c'est mon imper, pas d'inquiétude, ce problème-là est facile à régler, je ne le mettrai plus, un point c'est tout.

Mais deux jours après, le lundi matin, j'entends des bruits de couloir à mon sujet. Apparemment, à Nice, j'aurais employé un mauvais terme. J'aurais dit « les joueurs s'entraînent avant le match » au lieu de « les joueurs s'échauffent avant le match ».

Sacrilège. Moqueries. Elle n'y connaît rien, mon dieu, mais qu'est-ce qu'elle fait là ? Tout le monde sait que c'est l'échauffement avant un match, c'est quand même le b.a.-ba du journaliste sportif.

Je suis mortifiée. Mon syndrome de l'imposteur rejaillit immédiatement. Je suis nulle. Je n'y connais rien, ils ont tous raison, quelle erreur. Je passe la matinée à raser les murs, je redoute la réunion de 11 heures où certainement mon ignorance va être pointée du doigt et où je serai réprimandée, devant tout le monde de surcroît.

Heureusement, à la rédaction, j'ai quelques bons amis. De jeunes journalistes qui sont arrivés en même temps que moi, mais aussi des commentateurs et des rédacteurs qui sont là depuis très longtemps. Pour me donner du courage, je leur parle de cette erreur à la cafétéria. « Tu te rends compte, j'ai dit ça, j'ai honte. » Mes amis me rassurent. Oui, je me suis trompée, mais vraiment, ce n'est pas très grave. Le direct c'est aussi ça, la pression, les idées s'entremêlent et parfois on se trompe.

Ce qui devrait me tranquilliser m'inquiète encore plus. La vérité, c'est que c'est la fin de saison, j'ai repris le travail depuis deux mois, cinq émissions que je présente depuis mon retour de congé maternité et j'ai dû dire cette phrase chaque fois. À tous les matchs que j'ai présentés, j'ai très probablement dit « s'entraîner » au lieu de « s'échauffer ».

Personne ne m'a jamais corrigée.

Les erreurs, tout le monde en fait. C'est humain. Surtout en direct. Se tromper sur un nom, sur un commentaire, mal prononcer un nom d'équipe, confondre une date ou un événement. Ça arrive à tout le monde. Chez les hommes, spontanément, on pense que c'est un lapsus, que oui, il sait de quoi il parle, évidemment. Chez une femme c'est autre chose. Même si la langue a fourché, le constat établit que la journaliste n'y connaît rien. C'est la seule explication. Le direct a beau être le même pour tout le monde, les femmes devront donc travailler plus que les hommes. Surtout, ne pas se tromper.

Dans le documentaire *Je ne suis pas une salope*, c'est l'observation unanime et commune à toutes les intervenantes. De générations différentes, rédactions différentes, expériences différentes et sensibilité différentes, elles m'ont toutes raconté la même histoire.

Chez l'homme dans le sport, l'erreur est humaine ; chez la femme, elle est rédhibitoire.

Elles ont toutes voulu être parfaites, pour s'éviter les commentaires acerbes des téléspectateurs mais aussi – et surtout – des collègues des rédactions.

Car une fois que l'on commet une erreur, c'est terminé.

Je me souviens d'une réunion de rédaction, un lundi matin, pendant laquelle l'un des sujets « très graves » selon notre chef du foot était la mauvaise prononciation par une consœur du nom d'un joueur japonais de Marseille lors d'un direct. Ce qui n'aurait dû être qu'une allusion (et, à mon sens, une allusion privée avec cette journaliste) est devenu l'ordre du jour de la réunion. En l'absence, bien entendu, de la principale concernée.

Ou de cette journaliste connue et reconnue, qui m'avait confié n'avoir pas dormi pendant des jours à cause d'une mauvaise énonciation d'un club de sport. Cible des réseaux sociaux et des remarques amusées de ses collègues masculins, elle avait réalisé que ce même lapsus avait été fait quelques semaines plus tôt par un des commentateurs de son service.

Évidemment, personne n'avait relevé.

C'est certain, la vieillesse est confortable. Plus je vieillis, plus je sais m'imposer. Ou dire non. Je doute encore beaucoup de moi-même, je rencontre souvent encore le syndrome de l'imposteur, ceci dit, globalement, prendre de l'âge est un avantage. Pas physiquement, bien entendu, on y reviendra, mais psychologiquement. Jamais aujourd'hui je n'accepterai les choses que j'ai pu accepter lorsque j'ai débuté. Finalement, c'est là que le bât blesse. La jeunesse. L'inexpérience. Et, pour moi, ne pas savoir m'imposer. Dans la vie, aucun problème. Je sais dire quand ça ne va pas, je sais répondre, je sais revendiquer mes droits. Mais au travail, c'est autre chose. C'est comme si je me dédoublais. Je n'ai plus du tout la même personnalité. Je ne redeviens moi-même qu'aux pauses cigarette ou à la cantine. Le reste du temps, je ne sais pas être qui je suis d'ordinaire. C'est étrange. J'ai même consulté un hypnothérapeute à ce propos. Pour apprendre à m'affirmer. Ça n'a pas fonctionné du tout.

Quelque temps après, j'ai rejoint une nouvelle rédaction pour coprésenter une émission quotidienne. Je devais partager la présentation avec un journaliste notable, de dix ans mon aîné. Nous serions tous deux les têtes d'affiche d'un nouveau rendez-vous sport.

La chaîne avait créé trois duos mixtes de présentateurs : un le matin, un le midi et un le soir.

Je faisais partie de celui du soir. Je n'ai eu aucun problème avec mon coanimateur.

Pour la simple et bonne raison que je n'ai jamais coanimé cette émission.

Ne voulant pas partager le poste, le journaliste m'a tout simplement écartée, effacée. Il est parvenu à convaincre la direction et les collègues que ma place n'était pas à ses côtés, mais plutôt à sa gauche, sur le bord du plateau, comme présentatrice du journal. Sur le moment, n'ayant pas saisi que j'étais en train de perdre mon poste, j'avais accepté. Pendant plusieurs jours, j'ai ainsi présenté sur le plateau des journaux de sept minutes dans une émission qui en faisait soixante.

Au départ j'ai volontiers accepté d'occuper ce poste, me disant que, somme toute, je suis journaliste, je présente les journaux, c'est très bien.

Ce n'est que quelques jours plus tard que j'ai vraiment deviné les intentions de mon sympathique collègue. Lorsqu'il a finalement considéré que ma place n'était plus autour de la table, avec lui, mais dans un autre endroit. Il a donc jugé intéressant de me sortir du plateau.

Je me souviens d'avoir presque ri quand on me l'a annoncé. Pour être honnête, je ne me souviens pas si c'est lui – mon coprésentateur – qui me l'a dit, ou s'il a laissé notre rédacteur en chef ou le directeur de la rédaction s'en charger.

Il ne me semble pas du tout improbable que ce soit lui.

Il a certainement demandé à me parler en privé.

Il m'a certainement brossée dans le sens du poil.

Il a certainement loué mes capacités journalistiques, puis il m'a sûrement expliqué avec beaucoup d'aplomb que « tu seras mieux là-bas, c'est TON espace, TON journal ».

Il a certainement attendu que j'acquiesce, que j'aille dans son sens. Que je valide sa décision.

Ce que j'ai fait, ça, je m'en souviens très bien. D'avoir accepté. De n'avoir rien osé dire.

Je me suis donc retrouvée hors du plateau. Derrière les caméras. Dans le noir. Avec un pupitre sur le côté. Je me souviens que même les techniciens étaient ahuris par tant de toupet.

Pendant tout un mois, j'ai donc présenté les journaux d'une émission – que je devais initialement coanimer – sur un pupitre derrière les caméras dans le noir. Un cadreur devait tourner une caméra pour me filmer et un unique spot était utilisé pour éclairer mon pupitre.

L'animateur principal me lançait sur les journaux. Et comme cela n'était pas suffisant, il me lançait également sur chaque sujet, chaque brève, chaque info.

Là encore, je n'ai rien dit.

Merci l'hypnothérapie.

Heureusement, la chaîne, elle, a réagi et m'a changé de poste au bout d'un mois.

Mais lui a conservé l'animation, seul, de son émission.

Concrètement, il a eu exactement ce qu'il voulait, ne pas m'avoir dans les pattes.

Je me pose souvent des questions sur les prises de position radicales des militantes féministes. Comme la société dans son entièreté, je suis parfois dubitative devant les avis très tranchés, devant les certitudes et devant la colère. On m'a plusieurs fois indiqué qu'on ne pouvait pas gagner des combats en demandant gentiment. Les combats, ça se gagne à coups d'éclat, il faut faire entendre sa voix et si on parle trop doucement, personne ne nous écoutera.

Certes.

Mais tout de même, j'ai quelques réserves sur la radicalisation des luttes.

J'ai peur qu'on ne nous entende plus.

Que la société se cache derrière « l'hystérie » et que les oreilles se bouchent à chaque intervention – souvent passionnantes – de ses représentantes. C'est ce qui arrive à des féministes très connues, leurs propos n'intéressent plus sur le fond, on ne leur répond que sur la forme.

Donc on ne les écoute pas.

Je me considère moi-même comme une féministe radicale et mon combat, c'est que le féminisme n'existe plus. Qu'être une femme ou un homme ne soit plus une différence, qu'il ne soit plus question de polémiques sur les violences faites aux femmes, sur l'égalité salariale, sur les postes à responsabilités. Qu'on ne parle plus d'« une femme nommée… », « une femme va faire ci… » ou « une femme va faire ça… » Qu'on donne juste son nom. Qu'on ne doive plus faire des films ou des livres pour dénoncer – encore – l'inégalité. Qu'une femme qui accomplisse des choses ne soit plus une exception et ne soit plus pointée du doigt par la société comme telle. Qu'une femme n'ait plus à vivre la brutalité simplement parce qu'elle est une femme, qu'elle n'ait plus peur de porter plainte, qu'elle sache qu'on l'écoutera et qu'on prendra en compte sa parole. Qu'elle ne soit pas contrainte de tourner vers les médias, faute d'avoir été accompagnée comme il le faut par le droit.

C'est aussi un sujet épineux qui pointe son nez dans le débat public. Pourquoi les femmes « préfèrent » aujourd'hui parler aux médias plutôt qu'à la justice…

Pour illustrer cette dernière question et tenter d'apporter une sorte de réponse, voilà mon expérience personnelle.

CHAPITRE DEUX

Août 2016

Je suis journaliste sur une grande émission de football. J'y travaille depuis deux ans. Nous recevons ce jour-là un grand footballeur et, comme le veut la tradition, une photo de groupe est prise à la fin de l'émission, quand les caméras sont coupées. Nous nous rassemblons tous aux côtés de l'animateur pour poser aux côtés de ce futur champion du monde. Quand, pour « rire », un des membres de l'équipe soulève ma jupe.

C'est rapide et c'est brutal.

Je sens que mes fesses sont à la vue de tous.

Ma réaction est celle que j'aurais eue si cela m'était arrivé dans la rue. Cette fois, je ne suis pas sans voix. Je suis tellement énervée que je crie, et je frappe la personne concernée sur le torse. Je commence à quitter le plateau, et je ne sais plus trop bien comment, si c'est une personne qui vient me parler ou si je suis retenue, je reviens prendre la photo.

Je prends ensuite un taxi, je rentre chez moi.

Je n'ai jamais été autant en colère de ma vie.

Après une courte nuit à parler avec mes proches de la situation, je retrouve une partie de l'équipe le lendemain matin pour la réunion de débrief.

Mes premiers mots sont, et je m'en souviens très bien : « J'aimerais qu'on reparle de ce qui s'est passé hier soir, ce n'est pas possible, je vais porter plainte. »

Incrédulité autour de moi.

Évidemment, personne ne comprend mon indignation, certains n'ont même pas saisi ce qui s'était joué la veille.

Évidemment, car ils ne l'ont pas vécu.

J'entreprends de raconter la scène, l'agression sexuelle – car c'en est une. Lui a affirmé par la suite ne pas se souvenir de son geste.

Je fais face à des personnes gênées qui ne savent pas trop quoi dire, quelle position adopter. Excusons-les, nous sommes en 2016, un an avant la vague #MeToo, la parole est encore muselée, les oreilles sont tout à fait fermées.

Discussion autour de ce qu'une plainte engendrerait pour la chaîne, pour l'émission, pour moi, même. Finalement, on l'apprend à ce moment-là, l'auteur de la « blague » – de l'agression – ne reviendra pas car il est gravement malade.

L'affaire est close.

Je suis en colère, mais pas suffisamment pour tirer sur l'ambulance. Je ne souhaite la mort de personne, j'espère même que tout se terminera bien et qu'il reprendra, en forme, l'émission.

Les mois passent, je suis toujours en colère.

Car cette histoire, je l'ai racontée. Tout le monde à la rédaction est plus ou moins au courant. Même dehors, j'en parle. Je décris l'agression, la honte qu'elle m'a causée, la rage, la passivité ensuite de mes collègues, je déplore surtout le fait qu'ils s'en moquent éperdument. J'imagine même qu'une fois la réunion terminée – celle où j'ai voulu amorcer une rébellion justifiée – ils ont fermé la porte et complètement oublié l'anecdote.

Je ne leur en veux pas du tout. Je les comprends. Ils ne peuvent pas imaginer ce que c'est. Ils ne savent pas ce sentiment de dégoût, cette humiliation d'avoir été fesses nues devant trois cents personnes. Ils ne savent pas que ce jour-là, j'ai mes règles. Que je porte une serviette hygiénique. Et que la seule chose à laquelle je pense toute la nuit d'après c'est est-ce que quelqu'un a vu ma protection, est-ce qu'il y avait du sang ?

C'est une précision très intime qu'il a été difficile de partager, d'abord. Puis, j'ai compris que ce renseignement-là apportait quelque chose en plus.

Ce moment de plateau, je l'ai tellement raconté. Les réactions, unanimes d'empathie et de dégoût, me faisaient du bien. Je me sentais moins seule dans la rage.

Et un jour, mon mari a ajouté cette précision. Qu'il m'avait retrouvée, en fureur, qu'il ne m'avait jamais vue ainsi, qu'il avait dû me servir un verre d'alcool pour me calmer. Il avait été scandalisé, mais ce qui l'avait le plus choqué, c'est que je me pose cette question : a-t-on vu du sang ? Le simple fait que je rentre d'une journée de travail en me posant cette question l'avait profondément touché et dérangé.

Alors, quand il a dit cela lors d'un dîner ou d'une soirée, je ne me souviens plus, j'ai vu ce que ça provoquait chez les gens. De la gêne et du dégoût. Et beaucoup, beaucoup de compassion pour moi. Même chez mes amis les moins « féministes », ceux qui pourraient, parfois, excuser tel ou tel comportement, ceux qui pourraient se dire que oui, bon, tu as eu les fesses à l'air pendant deux secondes, c'est nul, mais on s'en remet, non ?

Même eux étaient sidérés. Ça rend concret mon sentiment d'humiliation. Là, oui, tout le monde comprend. Peut-être parce qu'on s'identifie plus facilement quand l'exemple est tangible. Peut-être parce qu'ils imaginent leurs filles, leurs femmes, leurs sœurs, leurs mères se retrouver dans cette situation dégradante. Je ne sais pas.

J'aurais dû ne pas avoir honte et le dire au travail. Directement après. Mettre mes collègues face à cette réalité intolérable. Est-ce que vous avez vu une serviette ? Est-ce que vous avez vu du sang couler sur mes jambes ?

Je pense qu'ils auraient compris la gêne insoutenable qui m'a traversée à ce moment.

Ils ne connaissent pas, eux, la stratégie de l'évitement, le malaise que ça me provoque. Ils ne saisissent pas, peut-être, si on va un peu plus loin, que ça ravive en moi des choses désagréables. Ils ne peuvent pas le savoir.

Un ami d'origine indienne m'avait un jour raconté le racisme qu'il vivait au quotidien. Il avait décliné plusieurs exemples, et détaillé une journée type dans la peau d'un homme de couleur aujourd'hui en France. Des moments insupportables auxquels j'avais moi-même participé. Comme un soir, en terrasse à Paris, où un vendeur de roses était venu à notre rencontre. Nous avions tous plaisanté sur le fait que nous avions notre propre vendeur de roses avec nous à table et que par conséquent nous n'en avions pas besoin d'autres.

Il avait lui-même ri. Mais m'avait plus tard confié qu'il avait été très affecté par cette blague, que tout le monde lui fait tout le temps, même plusieurs fois par jour, chacun pensant faire de l'esprit. Je ne m'en rendais pas compte. Ce jour-là, j'ai compris ce qu'il pouvait effectivement vivre et je n'ai plus jamais plaisanté à ce sujet.

Donc lorsque les femmes parlent d'un mal-être au travail, des remarques sexistes pénibles, et que leurs interlocuteurs décident de ne pas prendre en considération leurs plaintes parce que « ça va, on ne peut plus rien dire », c'est là que je me mets en colère.

Si j'avais dit à mon ami que « c'est bon, si on ne peut même plus plaisanter à propos de ta couleur de peau, où va le monde », il aurait certainement rompu notre amitié. Et il aurait eu raison.

Nous, nous ne pouvons pas rompre les relations de travail. Elles sont là, un point c'est tout, et on doit composer avec.

Alors, quand certains hommes refusent de se remettre en question et d'accepter les sensibilités différentes des unes et des autres, que faut-il ?

Il faut un patron.

Un patron qui dit stop.

Dans mon histoire personnelle, ce n'est pas l'auteur des faits qui m'a le plus dérangée. Ce sont ceux qui l'ont protégé. Ceux qui lui ont permis de se comporter comme ça pendant des années. Ceux-là mêmes qui aujourd'hui le dénoncent, ravis de trouver un « exemple » et se cacher derrière.

Pour moi, ça a toujours été eux les plus mauvais, les plus nauséabonds.

Car lui, c'est un enfant.

Un enfant qui a mangé du chocolat en abondance, qui trempait son doigt dans le pot, le léchait, s'en mettant plein autour de la bouche, un enfant que sa mère regardait se goinfrer en souriant, et commentait : « Il adore, il est comme ça, je ne vais pas le changer... » Et lui redonnait encore et encore plus de chocolat pour le satisfaire.

Cet enfant à qui, tout à coup, la mère arrache le chocolat, lui interdisant formellement d'y retoucher un jour, sans explication. L'enfant ne comprend pas, fait des caprices. Pourquoi soudain il n'a plus le droit, pourquoi soudain sa mère le regarde différemment, pourquoi, du jour au lendemain, le chocolat est-il devenu interdit alors que la semaine dernière encore sa mère l'alimentait elle-même en souriant ?

Lui, c'est normal qu'il ne saisisse pas.

On a dit de lui qu'il avait un « droit de cuissage ». En fait, il faisait ce qui lui plaisait, sans jamais être réprimandé. Outre l'humiliation, tous genres confondus, il se permettait de faire ce que bon lui semblait aux femmes qui l'entouraient. De toucher qui il voulait où il voulait, avec le consentement non des personnes concernées évidemment, mais de celles qui auraient tout à fait pu l'arrêter, ses supérieurs hiérarchiques par exemple, toujours témoins de ces agissements.

Au moment où j'écris ces lignes, l'affaire Depardieu est sur toutes les lèvres. Un documentaire a révélé, en images et au grand jour, les pratiques inouïes de ce monstre du cinéma. Or, comme l'a parfaitement expliqué l'autrice féministe Rose Lamy, Gérard Depardieu n'est pas un monstre. Il a juste été alimenté par un système qui l'a pleinement autorisé – encouragé – à être celui qu'il est devenu, engraissé par ce système-là. Et ces mêmes personnes qui ont ri de ses attitudes, qui les ont justifiées, « tu le connais, il est comme ça, c'est Gégé », ceux qui l'ont incité parfois involontairement, mais volontairement aussi, ceux qui l'ont excusé maintes fois…

Ceux-là mêmes qui s'offusquent aujourd'hui.

Ils dénoncent, crient au scandale. Comment… on ne savait pas ! Oui il était limite parfois, mais on ne savait pas, pas à ce point. Pourtant, des femmes ont parlé, personne ne les a écoutées, personne n'a jamais voulu les écouter.

Jusqu'aux preuves, irréfutables, en vidéo. Qui illustrent enfin les propos de ces femmes que personne n'entendait. Je ne sais pas quelle va être l'attitude de la société aujourd'hui vis-à-vis de ces femmes, si l'on s'excusera de ne jamais les avoir crues, d'avoir un jour pensé qu'elles avaient pris la parole pour mentir, avides de notoriété et d'argent.

Lui, je sais. Je sais ce qui va lui arriver.

Il sera exclu, banni, ostracisé, insulté même. Par les personnes qui l'entouraient avant.

Il y a de quoi devenir fou.

Et les victimes ont de quoi devenir folles.

Pour en revenir à mon récit à moi, à ma propre histoire : un jour, pendant ma grossesse, avant une émission, un homme a voulu vérifier si je prenais de la poitrine. Donc il s'est servi. Il a attrapé le col de mon pull, a tiré et a regardé. Je crois avoir repoussé sa main en riant jaune.

Cela s'est passé devant témoins, dont une personne haut placée dans la hiérarchie. Pas un mot sur le moment. À dire vrai, il est possible que personne n'y ait même prêté attention, tant ce genre de scène était courant. En revanche, quelques instants plus tard, son patron est venu me voir en privé, pour me réprimander. Moi. Même maladroite et très mal amenée, sa démarche était bienveillante. Il tenait à m'avertir que si je ne réagissais pas plus que ça, j'allais devenir une victime de cet homme, qu'il allait en profiter et en profiter et en profiter. Qu'il fallait que je réplique, que je ne me laisse pas faire.

Selon cet homme, c'était MON comportement qu'il fallait remettre en question.

MA manière de réagir.

MON attitude vis-à-vis de cet homme.

MON silence. MON sourire. MA posture.

À aucun moment il n'est venu à l'idée de ce patron de lui parler à lui. De lui dire – à lui – que ce geste était interdit. De lui conseiller – à lui – de ne plus recommencer. De lui défendre, même, de recommencer.

Non, la coupable, c'était moi.

Alors pourquoi suis-je la coupable à ses yeux ? Aux yeux de la société ? Pourquoi les femmes sont-elles toujours coupables de tout ? D'en faire trop, de ne pas en faire assez, de ne rien dire, de trop en dire, pourquoi sont-elles coupables de prendre la parole et d'oser dénoncer ? On reproche toujours quelque chose aux femmes. Si elles se font harceler, c'est parce qu'elles n'ont pas eu la bonne conduite, ni le courage de répliquer. Si elles se font agresser, c'est parce qu'elles étaient ivres, ou imprudentes, ou qu'elles portaient une jupe. Si elles portent plainte, elles ne l'ont pas fait assez vite, elles l'ont mal fait, ou si elles l'ont bien fait, elles n'ont pas assez de preuves.

Dans ce cas précis, je suis donc coupable de l'acte odieux du monsieur et également de ne pas avoir eu le courage de lui dire d'arrêter.

J'ai compris plus tard que ces hommes de pouvoir qui sont dans la loge avec nous, ceux qui nous dirigent, qui décident, qui embauchent, qui virent, qui poussent des gueulantes dans les couloirs, qui accordent ou non des augmentations, ceux qui nous gouvernent, sont en fait très peu courageux.

Ils sont trouillards, ce qui fait d'eux des complices.

On sait que les patrons protègent les agresseurs.

Je ne sais pas pourquoi, mais c'est le cas. Ça l'a toujours été et ça l'est encore aujourd'hui, même après la déflagration #MeToo.

Même dans les circonstances les plus directes, les plus franches, même en cas d'agression reconnue par l'auteur, même lorsqu'il n'existe aucun doute, qu'il n'y a pas de « parole contre parole », les patrons protègent les agresseurs.

J'ai fait face à cette injustice quelques fois, comme plusieurs de mes collègues, et comme une très bonne amie qui ne souhaite pas que je raconte son histoire.

Elle n'avait pas voulu témoigner dans mon documentaire.

Elle n'a pas voulu non plus parler anonymement après les enquêtes internes provoquées par la sortie du film.

Quelques jours après la diffusion du documentaire, elle m'a laissé un message vocal m'expliquant qu'elle l'avait regardé, en plusieurs fois, et qu'elle l'avait beaucoup aimé. Et puis, dans son message, un silence au milieu d'une phrase.

Elle qui craque, qui pleure, puis qui s'excuse, se justifie par sa fatigue et sa lassitude. Évidemment, le visionnage des témoignages a fait écho à sa propre expérience, évidemment elle s'est sentie concernée par ce qu'elle entendait.

Son histoire, je ne vais pas la raconter.

Elle est très banale somme toute. L'histoire d'une femme agressée par un homme, un collègue de travail. Une agression très violente. Une agression sous l'emprise de l'alcool admise par l'agresseur lui-même, qui a formulé des excuses écrites à sa victime.

Mais lorsque les faits ont été rapportés à la hiérarchie, c'est elle qui a été punie.

Pas lui.

Elle.

Elle a perdu son poste, lui l'a conservé. Elle a été déplacée de service, lui est resté. Elle a été rétrogradée, lui promu.

Tout cela évidemment sur plusieurs mois, plusieurs années. Mais dans cette rédaction – où ils travaillent encore tous les deux aujourd'hui et où tout le monde est au courant de l'événement – elle n'a jamais été soutenue, elle n'a jamais été protégée.

Cela pose aussi une vraie question sur les dénonciations publiques qui ont été provoquées par la vague #MeToo. Beaucoup de femmes ont choisi d'exposer sur les réseaux sociaux les noms de ceux qui les avaient harcelées, agressées. De révéler les entreprises où ça avait eu lieu, celles qui n'avaient pas réagi, celles qui avaient mal géré, celles qui les avaient sanctionnées, elles.

Cette façon de faire, je ne l'ai jamais adoptée, ni même comprise. Je suis contre la délation publique, je trouve ça trop violent.

Même s'il est vrai que je me suis souvent posé cette question.

Si j'avais décidé, un jour, de poster un message sur l'agression de la jupe, de divulguer le nom de l'auteur de ce geste, que lui serait-il arrivé ?

Mon entreprise aurait-elle géré différemment ? Aurait-elle sévi immédiatement, contrainte par l'opinion publique ?

Personne n'a réagi quand je me suis plainte en interne. Personne ne s'est mobilisé quand l'affaire a été portée jusqu'au CSE de la boîte, deux ans après. Personne n'a rien fait.

Quand, un an plus tard, je refuse de coanimer une émission avec lui, je suis convoquée, je dois m'expliquer, justifier que je trouve qu'une émission qui met en scène cet homme entouré de femmes n'est pas franchement une très bonne idée.

Personne ne comprend.

Je suis invitée à déjeuner par un des grands chefs de la chaîne. Je dois de nouveau énoncer les raisons qui me poussent à ne pas accepter cette proposition, qu'on est en 2017, qu'on ne peut plus faire un « casting » de chroniqueuses sur les réseaux sociaux, se basant sur les photos des postulantes.

Personne ne comprend.

Je me souviens d'avoir fini par crier au téléphone à l'un des chefs – qui insistait encore – qu'il m'avait agressée quelques mois auparavant et que je ne pouvais pas supporter l'idée de m'asseoir à côté de lui, faire semblant de rien et prétendre rire à ses blagues salaces à l'antenne.

Alors, quand en 2017 les langues se délient publiquement sur les réseaux sociaux, ça me démange.

Pourquoi ne pas l'écrire ?

Pourquoi ne pas dire en 140 signes : « X m'a agressée sexuellement – plusieurs fois – et quand j'ai décidé de réagir, tout le monde m'en a dissuadée. #MeToo. »

Pourquoi ne pas le dénoncer là, puisque le dénoncer en interne n'a rien donné ?

Mon message serait lu, commenté, partagé, et finalement mon employeur serait enfin forcé de réagir.

Médiatiser son histoire c'est aussi un appel à l'aide supplémentaire.

Parce que je n'ai pas « rien fait », je n'ai pas attendu.

Je suis allée me plaindre à ma direction, j'en ai parlé, j'ai dit haut et fort que j'étais dérangée par ce comportement. Les choses n'ont pas bougé. Elles n'ont jamais bougé. J'ai parlé, mais personne n'a écouté.

On dit qu'en 2017, la parole des femmes s'est libérée. Je ne le crois pas. Les femmes ont parlé, les femmes parlaient. Simplement, elles n'étaient pas entendues.

En 2017, la société a surtout accepté d'entendre.

Si en 2016 mon malaise avait été pris en compte, si mon sentiment avait été respecté, si ma parole avait été considérée, je n'aurais jamais écrit ce documentaire.

Je n'en aurais pas eu besoin.

Ma colère grandissante n'aurait pas existé.

Elle est là, la vérité.

Le seul moment où j'ai été écoutée et respectée, c'est quand le documentaire a fait du bruit. Là, on prêtait attention à nos paroles et à nos points de vue. Là oui. Jamais auparavant, pour ma part en tout cas.

Alors pourquoi n'écoute-t-on pas les femmes ? Pourquoi décide-t-on de préserver l'agresseur ?

C'est une vraie question de société car elle s'applique partout et tout le temps. Je n'ai pas la réponse à cette question. Je ne sais même pas apporter une hypothèse ou proposer une théorie. Il y a des jours où j'ai pensé que les violences faites aux femmes étaient tellement inscrites dans notre société que, finalement, elles n'étaient pas si graves au regard de certains hommes. Qu'une main aux fesses, qu'une remarque déplacée, qu'une blague sexiste n'étaient pas si dramatiques.

D'accord. Pas pour tout le monde. Pas pour certaines femmes non plus, qui considèrent qu'on les dessert elles, en osant réagir, nous.

Mais pour moi, un contact physique, c'est trop.

J'ai mon seuil de tolérance à moi, avec mon histoire à moi. Un seuil de tolérance qui doit par ailleurs être partagé par énormément de femmes qui n'ont pas la même histoire que la mienne. Qui ont eu la chance d'évoluer en tant que telles sans jamais avoir été malmenées parce que ce sont des femmes.

Pour moi, un contact physique, une main aux fesses, une caresse dans le bas du dos, c'est trop.

En 2002, j'ai été agressée.

Décembre 2002

Cette nuit, comme l'immense majorité des femmes du monde, j'ai été agressée.

J'ai été agressée assez sévèrement.

Ce n'est pas que je n'ai pas envie de raconter ce qui s'est passé. Après tout, où pourrais-je en parler mieux qu'ici ? C'est mon livre, je fais ce que je veux. Je dis ce que je veux. Je pourrais la décrire, cette agression. Avec de bons mots, une dramaturgie certaine, un ressenti difficile et des tournures de phrases sympatoches.

Je n'ai pas envie de l'écrire parce que c'est la seule chose qui m'appartienne vraiment.

Pour être tout à fait honnête, personne ne connaît cette histoire. Même pas mes proches. Même pas mes très proches. J'ai vaguement raconté, parfois, que oui, j'avais moi aussi subi la violence masculine, que oui, il m'est arrivé d'avoir peur dans la rue, que oui la bosse que j'ai sur le nez est due à une violence un peu traumatique. Mais je n'ai jamais vraiment raconté.

Et je pense que je ne le ferai jamais. Ça m'appartient totalement.

C'est très bien comme ça.

J'ai donc été agressée, j'avais dix-sept ans et je suis littéralement tombée dans un guet-apens organisé par de sympathiques rencontres, loin de chez moi, loin de Paris.

Je n'ai pas pu m'échapper.

J'ai pris le train de banlieue au petit matin. En attendant tapie à côté de la gare, je me souviens m'être dit : « Je suis hagarde à la gare », puis que ça devrait aller, car j'arrivais quand même à faire un jeu de mots aussi pourri que celui-là. Dans le train, j'ai pensé que j'étais devenue une victime. Et que ça allait me poursuivre dans ma vie. Toute ma vie.

Finalement – la chance – ça n'a pas été le cas.

J'ai bien fait vivre l'enfer à mes parents pendant quelques mois, passant sur eux ma colère, leur faisant payer de ne pas m'avoir protégée, alors que, les pauvres, ils n'y étaient pour rien.

J'ai bien développé une phobie scolaire et j'ai fini par ne plus du tout aller en cours et passer le bac en candidate libre.

J'ai bien commencé à fumer beaucoup de joints, dès le matin à 7 h 30.

J'ai bien pensé un moment à ne plus vivre. J'ai terminé une nuit aux urgences avec un lavage d'estomac car j'avais pris trop de Doliprane – il y a mieux comme tentative de suicide.

J'ai bien par la suite exprimé une forme de violence extrême. Les bagarres dans les bars m'excitaient beaucoup, je finissais même par sauter dedans. Mon amie se souvient certainement d'avoir déchiré mon sac à main en le tirant pour m'empêcher d'entrer physiquement dans une échauffourée entre deux bandes dans une boîte parisienne.

Ça a duré quelques mois.

Mon mal-être.

Et puis, c'est passé. Je crois que je suis tombée amoureuse ou quelque chose comme ça et c'est passé.

Mais depuis cette histoire, je ne supporte pas qu'on me touche.

Alors quand un collègue appuie sa main sur mes seins, sur mes fesses, la violence me revient.

J'ai dû beaucoup et très souvent réprimer la violence, la violence physique.

Personne n'aurait compris.

Pourquoi soudain je lui saute à la gorge, pourquoi je l'attrape au cou, je le fais basculer par terre, je me mets à califourchon sur lui, en position de domination.

Et je le frappe au visage, jusqu'à ce que sa bouche soit en sang.

Et qu'il me supplie d'arrêter, devant des collègues médusés et mutiques.

Il ne mérite pas ça, bien sûr. Personne ne le mérite.

Mais je ne supporte pas qu'on me touche.

Comme ça, il ne recommencera pas, jamais.

Et moi, je ne serai plus qu'une victime, je serai aussi un bourreau.

Depuis la libération de la parole, certains hommes accusent les femmes de se plaindre toujours, de se positionner en victimes – en victimes des hommes donc.

Ce que je constate pour ma part, c'est plutôt l'inverse.

Des femmes qui ne veulent plus se victimiser. Qui ont décidé de se battre, de montrer leur courage et de corriger ce qui les dérange et qu'elles ont toujours été contraintes d'accepter. Qui refusent d'être les proies et de rester traquées.

Et face à elles, les nouvelles proies. Les hommes.

Les femmes deviennent des bourreaux. On cherche un ennemi. On cherche à se battre contre cet ennemi.

C'est ça que je vois, ça que j'entends.

Les hommes qui s'emparent sans vergogne de ce statut de victimes.

Dans la société en général, dans les médias, quand on discute de féminisme autour d'un verre. Je l'ai copieusement entendu à la sortie de mon documentaire, que les femmes se plaignaient quand même beaucoup, qu'il fallait arrêter de se prendre pour des martyres, que les choses avaient quand même considérablement changé et qu'il fallait en être conscient, quand même n'exagérez pas. Et que surtout c'étaient eux, les pauvres, qui risquaient de s'en prendre plein la tronche et qu'il fallait faire attention.

J'ai de très bons amis qui n'ont jamais compris ce que je faisais. Je dois être « leur amie féministe relou ». Avant d'arriver aux dîners ou aux soirées, ils doivent en discuter entre eux, « ça on ne va pas en parler avec elle, elle va nous prendre la tête toute la soirée sinon ».

Ce sont des hommes principalement qui me disent avoir peur qu'ils soient tous réduits à des coupables en liberté, tous violeurs, tous horribles. Nombreux sont ceux qui ont manifesté leur effroi à l'idée que finalement le combat féministe devienne un amalgame géant et que tous soient mis dans le même panier.

D'ailleurs, j'ai remarqué que plusieurs femmes qui osent prendre la parole se justifient assez volontiers d'un « attention, la plupart des hommes ne sont pas comme ça, ils sont gentils globalement ».

J'ai toujours été amusée par cette obligation de justification. Pourquoi faut-il le rappeler ? Est-on forcées de souligner que les hommes ne sont pas tous des harceleurs en puissance ? Désigner certains comportements, les dénoncer fait-il à ce point-là du mal aux hommes honnêtes ?

Constatant que bien des hommes souffrent de ces dénonciations – auxquelles ils sont, selon leurs dires, totalement étrangers –, j'ai eu envie de réfléchir sur cette violence infligée aux hommes par les différents combats féministes.

Et je suis arrivée à une conclusion, qui n'est peut-être pas la bonne, mais qui est la mienne.

Révéler des agressions sexuelles, des comportements sexistes, de la discrimination, des propos déplacés, c'est dénoncer un système. C'est vouloir mettre fin à un processus de domination patriarcal dans sa globalité.

Ramener ce combat à soi, à son individualité en tant qu'homme, c'est dénigrer la parole des femmes dans sa totalité, la minimiser.

C'est une nouvelle manière de se situer, les personnes touchées n'étant plus les femmes victimes de ces agissements mais plutôt les hommes qui vont perdre leurs privilèges. Et, évidemment, revenir à soi, à soi-même, « je », « moi », « moi je »...

Dans les médias aussi, lorsqu'ils sont mis en cause, c'est leur défense principale. Ils sont victimes d'une cabale sans foi ni loi, de menteuses, de folles à lier.

Eux, les malheureux, n'ont rien fait.

Mettre ma bite dans la bouche d'une jeune femme endormie, c'est un peu drôle, puisqu'elle dort déjà à côté de moi. Sodomiser une femme qui a dit non après une pénétration vaginale, ce n'est pas bien grave puisqu'on est déjà intimes. Et puis on l'a déjà fait, un jour, elle a dit oui !!

Et puis, elle est montée dans la chambre !!! Elle savait ! Elle est montée dans la chambre !

Qu'attendait-elle d'autre ?

Alors on parle dans la presse, on dit qu'on est stupéfait, qu'on a été ostracisé, que plus personne n'a voulu travailler avec nous pendant un temps. Les victimes, c'est nous. Elles, ce sont des affabulatrices, elles réécrivent l'histoire. Et en plus, parfois, elles ont eu le rôle, alors…

Même quand les accusations sont moins violentes. Quand il s'agit de tentatives d'agression sexuelle, de baisers volés, de mains aux fesses, de jupes soulevées.

Je n'ai jamais compris leur défense.

Je n'ai jamais compris ce positionnement.

Vouloir à tout prix démontrer que la femme ment.

Pourquoi ne pas simplement s'excuser ? Dire que, oui, ce sont des choses qu'on a faites, qu'on a osé faire, il y a longtemps. Que depuis la libération de la parole on a réalisé bien des choses, qu'il y a des comportements qui étaient déplacés et que jamais, aujourd'hui, on ne recommencerait. Qu'on s'excuse platement et qu'on a retenu la leçon.

Non, jamais. Pas d'excuse. Pour eux, il n'y a jamais rien eu de grave.

J'ai appris un jour que les avocats du leveur de jupe tentaient de prouver que je ne portais pas de jupe ce jour-là. Que tout était mensonge, que je portais même un PANTALON – ridicule – et que j'avais juste cherché à faire parler de moi.

J'ai alors pris conscience de toute la violence que peut subir une femme qui porte plainte pour viol.

Tous les obstacles qu'elle rencontre, les atrocités que les avocats de la défense vont chercher sur elle, pour tenter de la discréditer, l'injustice qu'elle affronte. Et le courage qu'il faut, finalement, pour aller au bout de la plainte.

Surtout quand on sait que 80 % des plaintes pour viol ou pour agression sexuelle sont classées sans suite. Quand on réalise qu'aucun, aucun homme célèbre accusé ces dernières années n'a été condamné. Aucun. Jamais.

Dans mon cas précis, les avocats de ce monsieur n'ont pas pu aller bien loin car des photos de ce jour-là – diffusées en nombre sur les réseaux sociaux – montrent que je suis bien en jupe, l'affaire est close, merci, au revoir.

Dans un second temps, j'ai compris que cette histoire traduisait autre chose sur l'état d'esprit de certains hommes.

Je n'ai jamais porté plainte contre lui.

Jamais.

D'abord, parce que j'en ai été dissuadée, et ensuite parce qu'il est tombé malade et que mon histoire de jupe me semblait finalement dérisoire face à une santé très fragile.

Je n'ai pas porté plainte, j'ai classé cette affaire. Donc il n'a jamais été inquiété judiciairement à cause de moi. Le fait qu'il veuille prouver que je mens, que je portais un pantalon, montre qu'il n'y a absolument aucune remise en question vis-à-vis de l'avancement de cette société. Il considère – certainement aujourd'hui encore – que je suis la cause de sa chute. L'unique cause de sa chute. Et que s'il était parvenu à prouver que je n'étais pas en jupe ce jour-là, toute son image serait restaurée, il aurait retrouvé ses sponsors, il aurait retrouvé ses contrats, et il aurait pu – en toute impunité – exercer son comportement déplacé partout où il irait, débitant à qui veut l'entendre que je suis une salope et que j'ai ruiné sa vie.

Selon lui, j'en suis sûre, son monde s'est écroulé par ma faute.

À cause de ce mardi 1er décembre 2020, où il a accepté de répondre à mes questions.

Février 2020

La France va se confiner dans quelques semaines, et je suis sur un tout nouveau projet. Avec Guillaume Priou, nous avons l'ambition de réaliser un film sur les femmes journalistes sportives, sur l'évolution de la place de la femme dans le sport à la télévision, sur la nouvelle vague des présentatrices.

Nous sommes vite stoppés par la pandémie mondiale et le confinement, mais Guillaume et moi travaillons à distance pour construire un dossier et proposer le projet à la chaîne.

J'avais déjà suggéré une idée de documentaire similaire quelques années auparavant, mais l'air du temps et les priorités étaient autres.

Nous sommes en 2020, #MeToo est passé par là, notre proposition est acceptée.

Nous débutons le tournage en septembre.

Chaque entretien me bouscule.

Même les témoignages très éloignés de ce que j'ai personnellement vécu. Je vis chaque confession comme quelque chose de personnel. Je ne le comprends pas tout de suite évidemment, mais au fur et à mesure des mots, des sensations, des questionnements de mes consœurs.

J'ai du mal à dormir la nuit, je ressasse beaucoup. Je ne parle presque que de ça, je suis en boucle, je saoule certainement la plupart de mes connaissances, mais je n'arrive pas à parler d'autre chose. Je ne comprends pas pourquoi je suis si affectée par un sujet que je pensais résolu chez moi. À ce moment-là de ma vie, j'ai admis avoir gravi les échelons d'un modèle patriarcal, tout en acceptant et utilisant ses règles.

Oui je fais un film sur le sexisme en entreprise, mais ce sexisme-là, j'y ai adhéré moi aussi.

C'est bon, je suis intégrée dans ce système, je fais ce que je voulais faire, je suis heureuse dans mon travail.

Oui j'ai essuyé des remarques et des gestes déplacés, mais j'ai réussi à passer au-dessus. À utiliser même ce que je pensais être un avantage. Être unique et isolée, donc sûrement plus vite remarquée.

Oui j'ai parfois été blessée mais qui ne l'est pas ? Et puis on travaille dans un milieu envié, sollicité. Il faut t'endurcir un peu ma petite, me dis-je. Il faut encaisser et faire ton travail du mieux que tu peux. C'est la meilleure des réponses.

Alors pourquoi les entretiens avec les femmes du documentaire me font-ils du mal ? Pourquoi suis-je de plus en plus en colère ?

Peut-être parce que je constate que nos sentiments sont les mêmes. Nous sommes toutes différentes, à part quelques-unes nous ne nous connaissons pas, nous n'avons pas le même âge, la même histoire, les mêmes émotions. Et pourtant, nous disons toutes la même chose.

Peut-être parce que je sais que le sujet ne va pas être compris par tout le monde. Elles en font trop, ça va, elles sont là, non ? Pourquoi elles pleurnichent ? Et puis n'oublions pas qu'être une femme, ça les a aidées dans leur parcours donc on ne crache pas dans la soupe s'il vous plaît mesdames.

Peut-être parce que quand je parle de ce documentaire autour de moi, on me dit de faire attention, que c'est un sujet difficile et que rien n'est tout blanc ni tout noir. On me dit que je vais m'enfermer dans quelque chose, dans une doctrine féministe. Qu'il faut aussi que je me protège. Je crois que c'est ça qui m'agace le plus. Je dois préserver ma « carrière ». Avec ce film, je vais devenir quelqu'un d'autre que la docile jeune fille qui ne dit jamais rien. Alors forcément, ma carrière va en pâtir. Dans ce milieu, on n'aime pas les femmes qui parlent trop, ni trop fort.

Mon amie qui s'est retrouvée sans travail à son retour de congé maternité m'a confessé un jour que ce qui l'a le plus blessée, ce n'est pas tant la discrimination dont elle a été victime – même si, nous sommes bien d'accord, elle est odieuse. Non, ce qui l'a marquée c'est qu'on lui a bien conseillé de ne rien dire. Surtout, ne pas se plaindre, elle allait passer pour « la chieuse de service ». Et dans les rédactions principalement masculines, les chieuses, on n'en veut pas, merci.

Donc, il faut se taire. Et sourire. Et se taire.

Une agression sexuelle dénoncée par la victime dans une rédaction ? Tu sais comment il est, tu sais que c'est lui, il est comme ça. Et l'humiliation de la victime, sa honte ? Ce qu'elle a ressenti pendant des semaines, ne voulant plus jamais demeurer aux côtés de celui « qui est comme ça » ? Sa stratégie d'évitement qui prend plus de place que son aptitude au travail ? Son sentiment d'être complètement seule dans ce malaise ?

Ça, ça n'a pas d'importance. L'urgence là, tout de suite, c'est de ne rien faire, surtout ne rien dire.

Et courage à celles qui osent.

Comme cette journaliste qui a vu toute sa rédaction lui tourner le dos car elle avait porté plainte contre un confrère qui la harcelait depuis des mois. Une plainte qui a été entendue, une enquête a été menée. Le collègue en question a été licencié.

Courage à cette journaliste qui a dû pendant des mois affronter les regards réprobateurs des collègues – et amis – de cet homme dont elle avait « brisé la vie et la carrière ». Courage.

Chaque entretien me secoue car chacune des intervenantes expose à un moment une situation dans laquelle je me suis déjà retrouvée. Des périodes de malaise, de souffrance même, des moments de doute de soi-même, de son travail.

Simplement car nous sommes des femmes.

Le patriarcat fait bien son travail, lui. Et ne se remet jamais en question, pour quoi faire ? J'entends souvent des histoires sur des hommes accusés de harcèlement ou d'agression sexuelle. Souvent, aussi, il y a plusieurs femmes qui parlent. Et qui dénoncent le même système utilisé par le même homme. Mais ce n'est jamais suffisant. La parole des femmes n'est jamais suffisante.

Et quand j'entends les femmes qui témoignent dans le documentaire, ma colère grandit. Je prends conscience qu'une partie de cette souffrance est commune.

Et je me pose cette question.

Pourquoi n'en avons-nous jamais parlé ensemble avant ?

Avec Guillaume, le coréalisateur du documentaire, nous échangeons beaucoup. Déjà, sur la manière de travailler, mais aussi sur le sujet de ce travail. Il a 45 ans. Il est blanc, hétérosexuel, père de famille, parfaitement intégré dans la société. Guillaume est un « mâle blanc ».

Et Guillaume a changé.

Au début du tournage, nous avions eu une altercation sur ce qu'on appelle « la tenue républicaine ». Il ne comprenait pas pourquoi le terme, la polémique et ce qui était fait par le gouvernement m'irritaient autant. Et même en utilisant mes meilleurs arguments, il n'était toujours pas d'accord avec moi, ce qui m'agaçait beaucoup.

Au fil des interviews, des rencontres et de ce qu'il entend, Guillaume prend conscience de ce qu'il ne soupçonnait pas jusque-là. Il pose de bonnes questions, ajoute toujours une dimension intéressante au contenu de l'entretien. Peut-être parce qu'il est un homme, qu'il est moins dans l'affect que je ne le suis, plus détaché. Mais plusieurs fois, en sortant des rendez-vous, il m'avoue avoir été secoué par ce qu'il a entendu. On discute, on échange, je tente de nouveau un débat sur la tenue républicaine, non, nous ne sommes toujours pas d'accord, d'accord.

Mais ce qui est certain, c'est que Guillaume devient un féministe. Un vrai. Un chien de garde. Au fond, il l'était certainement déjà, mais sans jamais avoir mis de mots sur ce qu'il ressentait.

Le voir ainsi s'émouvoir et s'indigner me donne des forces.

Sans Guillaume, je n'aurais jamais été au bout de ce film.

Et je n'aurais pas pu faire cette interview-là.

Mardi 1er décembre 2020

Je n'ai pas dormi de la nuit.

Mon mari me le dit : « Tu n'as pas l'air bien. »

Nous sommes presque à la fin du tournage des interviews. Jusque-là, ç'a été facile. Hormis l'émotion, ç'a été facile.

Aujourd'hui, je filme un homme. Pas le plus léger. Le tournage devait avoir lieu quelques jours auparavant, mais je l'ai annulé car je suis tombée malade. Si je commence à réfléchir aux raisons pour lesquelles je suis tombée malade, je ne vais pas devoir aller très loin. Je suis extrêmement tendue par cette interview. C'est un homme surpuissant à qui je vais devoir parler d'un acte qu'il a commis. À qui je vais devoir dire qu'il m'a humiliée.

J'ai été assez étonnée des réponses très conciliantes de ce journaliste pour prévoir notre entretien. Il a été adorable. Facile, arrangeant. Parfait.

On en parle avec Guillaume, on se dit qu'il ne doit pas avoir saisi le sujet du documentaire, qu'il doit penser que je vais l'interroger sur les femmes dans le foot et pas les femmes dans le journalisme sportif.

Mais si, il a très bien compris. Il est très sympa, arrive à l'heure, se fait maquiller, mange un croissant. Moi, je suis crispée.

Et on commence.

L'entretien est assez ludique, somme toute. Une confrontation d'idées entre une femme et un homme de « l'ancienne génération ». Une séquence qui serait passée totalement inaperçue si elle n'avait pas été coupée au montage final, j'en suis persuadée.

On en vient à notre sujet, le mien, celui de la jupe.

Il ne s'en souvient pas. Finit par s'excuser à demi-mot puis justifie son acte par : « C'est ma personnalité, il faut prendre les gens comme ils sont. » Et nous poursuivons.

Nous sommes tous tellement hébétés par les propos exprimés qu'à la fin de l'interview, Guillaume lui demande s'il assume vraiment tout ce qu'il dit ou si c'est une posture, on ne sait jamais, ça arrive. Là encore, même avec cette porte de sortie, il confirme tout.

Oui j'assume, dit-il devant les caméras.

Fin de l'interview.

Je le sens bien moins en confiance que lors de son arrivée. Je le raccompagne à l'ascenseur et il me dit quelque chose du genre : « Ne me fais pas trop de mal. »

Et c'est là que c'est douloureux pour moi.

Parce que lui, il n'a rien demandé à ce moment-là. Il est venu, gentiment, répondre à mes questions. Et il se rend compte qu'il est allé un peu loin.

Ça me fait de la peine.

Je sais que je vais lui faire du mal. Que ça ne va pas être sympa pour lui. Je le sais. Mais je le fais quand même.

D'une certaine manière, quand la chaîne nous demande de couper ces scènes qui mettent trop cet homme en difficulté, je suis contente. Je n'ai envie d'être le bourreau de personne.

Et d'un autre côté je suis en colère. Encore plus en colère, même, qu'après l'événement de la jupe.

Il est là, devant moi. Il avoue qu'il l'a fait. Je lui dis que ça m'a humiliée. Il s'excuse, vaguement, mais continue à dire que ce n'est pas bien grave et qu'il recommencerait s'il en avait l'occasion.

La chaîne le voit, la chaîne l'entend.

Et décide de le préserver.

Lui.

Délibérément, certainement après réflexion.

En 2021.

Moi, encore une fois, on s'en fout.

L'humiliation dont je parle depuis six ans, on s'en fout.

Le courage qu'il m'a fallu pour faire ce qu'aucun chef n'a réussi à faire en dix ans, l'énergie qu'il m'a fallu pour lui faire face, on s'en fout.

Les violences faites aux femmes, en fait, on s'en fout.

Le plus important c'est lui. Et sa protection.

Dégoûtés, nous avons accepté de couper les scènes pour que le film existe et que la parole des femmes soit entendue.

J'étais loin, très loin de me douter de ce qui allait arriver.

CHAPITRE TROIS

Dimanche 21 mars 2021

Je suis partie de Paris.

Le documentaire sort aujourd'hui, il est diffusé à 18 heures et je suis partie de Paris.

J'avais besoin de prendre l'air, de voir la mer.

Je crois que je suis stressée mais je ne me sens pas anxieuse, pour une fois. Je suis contente que le film puisse voir le jour. Car il y a quelques semaines, j'ai quitté la chaîne pour une autre et j'avais peur qu'on en profite pour enterrer le projet.

Ce documentaire est un problème pour tout le monde depuis le début.

Ils n'en voulaient pas pour commencer.

Ils n'ont pas aimé la version initiale avec les hommes.

Ils ont voulu couper des scènes.

Finalement, le dernier montage a été validé.

Mais entretemps, j'ai changé d'employeur. J'ai fait mes cartons, signé mon solde de tout compte et dit au revoir à tout le monde.

Je redoutais beaucoup que mon documentaire passe à la trappe. Nous en discutions avec Guillaume, qu'est-ce qui va se passer ? Est-ce qu'ils vont conserver le film ? J'étais remplie de culpabilité vis-à-vis de lui, de Guillaume, et vis-à-vis de toutes les femmes qui avaient accepté de raconter leur histoire.

Aussi, quand j'ai eu la confirmation que le film allait être diffusé, j'ai été soulagée. Mais perplexe aussi.

Pourquoi décider de le montrer quand même ? La chaîne aurait très bien pu se cacher derrière mon départ : voilà, elle est partie, on oublie ce truc qui emmerde tout le monde depuis le début, c'est terminé.

Je n'ai pas compris.

Notamment car la semaine qui a précédé ce 21 mars, jour de la diffusion, des petits bruissements ont fait leur apparition. Plusieurs journalistes de différents médias m'ont appelée. « Marie, bonjour, je suis untel de chez untel, j'ai été informé en off que certaines scènes de votre documentaire ont été coupées. Pourriez-vous me confirmer l'information ? »

En bonne élève, j'ai appelé mes ex-employeurs pour les prévenir que cette information circulait et que, peut-être, il fallait réfléchir à une manière de communiquer là-dessus.

Laisse, ça va retomber.

C'est ce qu'on m'a répondu.

Personne, pas la chaîne, pas moi, pas Guillaume, personne n'a anticipé que ce documentaire allait faire tant de bruit.

Laisse, ça va retomber.

C'est ce que j'ai fait.

Je suis partie à la mer. J'ai branché mon téléphone à 17 h 30, la boule au ventre. Et à 18 heures, j'ai regardé mon ancien collègue, ce présentateur, sur le plus beau plateau de la chaîne. J'ai regardé son annonce, j'ai écouté attentivement son texte de présentation de notre travail. Un joli texte bien écrit qui prévient de l'importance de ce document.

Et le documentaire a été diffusé.

De mémoire, Guillaume a éteint son portable, lui. Il avait un week-end familial ou quelque chose comme ça. Il n'a pas regardé le film, il n'a pas veillé sur son téléphone ni sur les réseaux sociaux.

J'ai regardé le film. Et j'ai attendu que ça passe.

Novembre 2023

Quand je travaille, j'ai toujours le sentiment que ce que je fais ne va être lu, regardé ou entendu par personne. Ma mère, mon père, mes amis, mes frères et voilà. Je n'ai pas la conscience de ce que je fais. Par exemple, depuis quelques jours je me demande si la sortie du livre va être aussi difficile à vivre pour moi que l'a été celle de *Je ne suis pas une salope*. Parce que, là, ça devient un peu concret.

J'ai pas mal avancé, et mon éditrice m'a appelée en début de semaine pour m'envoyer une proposition de couverture. Avec mon gros visage dessus. En énorme. J'ai failli faire un malaise. J'ai immédiatement demandé à ce qu'on enlève ma figure de cette couverture mais mon éditrice m'a finalement convaincue de la laisser, en acceptant qu'elle soit réduite.

En réalité, je suis en totale bipolarité avec ce travail. D'un côté j'aimerais que la sortie se fasse sans bruit, discrètement, entre deux piles de livres, que personne ne remarque celui-là, que la presse spécialisée en parle un peu et que ça soit terminé. Et de l'autre, j'ai assurément envie que *Je suis la femme du plateau* fasse date, qu'il soit lu, commenté, discuté. Qu'on m'invite pour en parler, que tout le monde m'applaudisse sur les plateaux, que les réseaux sociaux sortent des extraits de ma promotion parce que j'ai mouché un détracteur en direct lors d'une émission, que les femmes soient avec moi, que les hommes comprennent tout, que le livre soit pour finir récompensé, qu'on le lise dans les classes, que le gouvernement le prenne en exemple et que, finalement, le féminisme n'existe plus car il n'y a plus besoin d'être féministe, il n'y a plus que l'humanisme qui compte. Voilà.

Comme la sortie approche – mon éditrice parle de mars 2024 –, j'ai commencé à envisager de le dire autour de moi. Alors j'ai discuté avec une amie hier.

J'ai évoqué – enfin – que peut-être je travaillais en ce moment sur un écrit, qui allait poursuivre ma réflexion sur le sujet.

Elle m'a dit : « Tu es sûre ? »

Non, je ne suis pas sûre. Évidemment que je ne suis pas sûre. J'ai peur de ce qu'on va me dire, de ce qu'on va comprendre du livre. Je n'ai pas non plus envie d'être catégorisée.

Tout ça m'angoisse, je me demande pourquoi je fais ça.

Lundi 22 mars 2021

Il n'a fallu qu'un tweet, plusieurs partages et quelques heures et la vague est arrivée. Une déferlante inouïe que jamais je n'aurais imaginée. Je ne regarde plus les réseaux sociaux. Mon téléphone n'arrête pas de s'allumer. Beaucoup de messages de soutien, de félicitations.

Les messages qui me touchent le plus sont ceux de mes collègues journalistes sportifs. Les hommes. J'ai plusieurs notifications d'hommes, qui pourraient tout à fait se sentir visés et m'en vouloir pour la pagaille que j'ai provoquée. Ceux qui m'écrivent, qui me disent beau travail, ou juste coucou, m'émeuvent et me font beaucoup de bien.

Les réactions sont tellement nombreuses que Guillaume m'informe qu'il ne va pas aller travailler et qu'il va éteindre son téléphone.

Je commence à me sentir mal à l'aise aussi. La déferlante est forte, difficile à vivre. Et elle est positive, en ma faveur. Je n'ose même pas imaginer ce que vivent les gens qui doivent encaisser l'opposé.

C'est ce qu'il vit, lui, mon ancien collègue, le leveur de jupes.

La vague négative, celle qui détruit tout sur son passage, qui ne te laisse même pas le temps de reprendre ta respiration. Elle t'étouffe, te submerge, te laisse mort sur le sable.

C'est ce qu'il vit.

Oui j'ai peur qu'il se tue. Je n'en dors plus la nuit. Je me dis : « Il va se tuer et ce sera ma faute. »

Je commence à regretter le film. Ce qu'il vit, ce n'est pas ce que je voulais. Je n'ai jamais voulu le détruire, jamais. On m'a prêté une intelligence folle, rocambolesque, une intelligence machiavélique, celle qui a élaboré sa vengeance depuis tant d'années, qui l'a fait maturer, froide, implacable. La vérité est tellement moins imaginative. La vérité c'est que j'ai été dépassée par les événements, par la vague qui m'a submergée, moi aussi.

Aujourd'hui encore on me contacte à propos de ce documentaire, on m'en parle en privé, on l'évoque dans les émissions quand je suis invitée pour parler de tout autre chose.

Pour moi, c'est une carte de visite finalement.

Pourtant, le film, peu de gens l'ont vraiment vu.

Parce qu'il n'existe pas. Il n'est visible nulle part.

Deux ou trois semaines après sa diffusion, il a été effacé.

Notre travail avec Guillaume a été effacé.

Je reçois encore des messages de personnes qui me demandent où ils peuvent le trouver, me disent que le sujet les intéresse, qu'ils veulent comprendre. Je leur dis la vérité, c'est qu'il n'est plus possible de le voir.

Ça me fait de la peine. Le travail, l'enthousiasme, l'émotion, la réflexion, les prises de tête, les questionnements, l'engouement que tout cela a provoqué chez nous, disparus.

Rayés de la carte.

C'est comme si cela n'avait jamais existé. Le documentaire n'a jamais existé. C'est ce qu'on préfère se dire, certainement, chez les gens qui ont pris la décision courageuse de le faire disparaître.

Ces mêmes personnes qui ont décidé d'acheter la série *The Morning Show* et ont fait tout une promotion sur l'acquisition de cette fiction en faveur des droits des femmes.

Quand c'est une fiction, ça va.

Quand c'est la réalité, c'est plus compliqué.

C'est aussi la raison pour laquelle j'écris ce livre.

Au moins, il restera une trace de mon travail.

Il y a quand même quelque chose qui ne tourne pas rond. Définitivement.

Dix-huit femmes témoignent dans ce documentaire. Et la chose que la société retient, c'est un seul homme. On ne parle que de ça. Cet homme que j'ai affronté, avec qui j'ai eu une discussion construite, parfois lunaire, sur les agissements sexistes et les agressions sexuelles. Cet homme qui s'est assis face à moi et qui a répondu à mes questions, sous l'œil de plusieurs caméras. Des scènes retirées et coupées du montage final. Et finalement, on ne va plus parler que de ça. Uniquement de ce monsieur et de ses actes. Comme si on disait, oui la parole des femmes a été entendue, mais maintenant, on va surtout se concentrer sur un cas unique, celui de cet homme et de son incompréhension totale et hallucinante d'une société qui évolue.

Il va incarner le système.

Lui va, seul, incarner le système. Pendant que le système va tranquillement se réfugier derrière cet exemple, tombé pour les autres, sans jamais se remettre en question.

Ce que j'ai voulu faire avec ce documentaire, c'est tenter de démonter un système.

Celui-là même qui a permis à certains hommes – plus ou moins célèbres et puissants – de se comporter ainsi, d'agresser, de harceler impunément les femmes pendant des années, sans jamais être inquiétés. Au contraire, ils ont parfois été encouragés. « Il est comme ça, tu le connais », c'est ce que je m'entendais répondre à mes remarques sur le comportement déplacé de ce collègue. Tous ces hommes accusés d'agression, de harcèlement, de sexisme ou même de viol parfois, qui ont été protégés.

Et c'est ce que racontent les femmes dans le documentaire : si les agresseurs sont évidemment coupables de leurs actes, le vrai sujet, c'est le système. C'est cela qu'il faut combattre. Le changer, le déconstruire et le reconstruire entièrement. C'est un chantier colossal. Mais c'est un chantier auquel il faut s'attaquer.

Comment, pendant des années, ces hommes ont-ils pu être couverts de la sorte ? Pourquoi n'a-t-on pas écouté et agi plus tôt ? Les violences sexuelles faites aux femmes sont tellement inscrites dans ce qui nous constitue en tant que société qu'il est difficile de réellement changer les mentalités. En tout cas, il faut du temps. Rebâtir le système, c'est accepter de se remettre en cause soi-même, revoir ses positions, défaire ses certitudes. Et ça, c'est très difficile, surtout lorsqu'une majorité pense encore que finalement, une agression sexuelle, ce n'est pas si grave.

Lorsqu'il s'agit des femmes, on trouve toujours des excuses aux hommes.

Et la parole des femmes qui se libère, ça agace. Car, je l'ai déjà dit, ça souligne le fait que pendant des années, au lieu de protéger les femmes victimes, on a protégé leurs agresseurs.

Preuve en est : les réactions au documentaire.

Un seul directeur de rédaction m'a dit : « C'est notre faute, à nous, les patrons. C'est nous qui n'avons pas assez réagi. » Un seul. Les autres directions se sont cachées derrière certains licenciements et n'ont pas cherché à réfléchir plus loin. Eux aussi responsables, complices ? Jamais. Regardez, on l'a viré, lui. Et puis lui aussi, et puis aussi celui-là qui posait problème à tout le monde, on ne sait même pas s'il a vraiment harcelé quelqu'un, mais son départ nous arrange et accommode les relations humaines donc on a surfé là-dessus, c'était plus simple.

Car après la diffusion du documentaire, suite aux témoignages, quatre rédactions ont été soumises à des enquêtes internes. Des journalistes ont été licenciés.

Et avec ça, un phénomène étrange. Celui de désigner les femmes qui ont osé parler comme coupables de ces renvois.

Les agissements ? Non, les femmes.

Les enquêtes ? Non, les femmes.

Les témoignages anonymes ? Non, les femmes.

J'ai reçu des dizaines de messages me rendant responsable du destin tragique de ces pauvres hommes, victimes de notre cabale aveugle. J'en reçois encore aujourd'hui assez régulièrement. Dès qu'une femme est accusée d'avoir menti, dès qu'un jugement est émis sur une femme qui aurait exagéré, on m'envoie des petits mots sur les réseaux sociaux. Du genre : « Alors Marie Portolano, qu'est-ce que tu dis de ça ? », assez souvent ponctué d'une amabilité, type « grosse pute ».

On me rend coupable des maux de tous les hommes et des paroles de toutes les femmes.

C'est d'ailleurs le cas chaque fois qu'un homme est accusé d'agression ou de harcèlement. Si une femme de l'entourage de cet homme accusé a le malheur de revendiquer publiquement un peu de féminisme, c'est vers elle que les regards vont se tourner, c'est elle qui sera pointée du doigt.

Après le documentaire, j'ai donc été désignée comme unique responsable de l'état du principal accusé, le plus connu d'entre tous.

J'ai donc bien sûr beaucoup culpabilisé, comme je l'ai écrit.

Puis un jour, j'ai saisi que peut-être – excusez-moi, j'émets une hypothèse –, peut-être que ce qui a ruiné cet homme, ce qui l'a condamné, c'est ce qu'il a dit. Ce qu'il a affirmé devant moi, sans vergogne. Ce qu'il a réaffirmé en direct dans une émission de télévision, en assumant ses mots. J'ai finalement compris que ce qui l'a fait disparaître du paysage médiatique, ce sont d'abord ses actes. Mais aussi ses propos, ce qu'il a répondu. Et pas les questions que je lui ai posées.

Je n'ai pas cessé de culpabiliser pour autant.

Mais je vais mieux.

Ce sont parfois des inconnus que j'écoute, parfois mes amis, de proches amis, des gens de ma famille, des penseurs à la télévision, des femmes et des hommes à une soirée.

Et qui disent : « Je n'ose plus draguer une femme. »

Ça, je ne peux pas l'entendre.

J'ai deux frères. Ils ont trente-six et trente-deux ans. Un soir, nous partagions une raclette chez mes parents. Entre deux passages de fromage, je leur ai demandé : « Vous avez peur, vous, de draguer les filles maintenant ? »

Incompréhension dans leurs yeux.

« Quoi ? m'ont-ils dit.

— Vous avez peur maintenant d'aborder des femmes, avec tout ce qui se passe dans la société, je sais pas moi, vous vous refrénez ? Vous n'osez plus draguer ?

— Ben, pas du tout.

— Je crois que je sais faire la différence entre de la séduction et du harcèlement, donc non ça va », a ajouté le plus âgé des deux.

Et la discussion était terminée.

Je trouve ça fou de devoir le dire. Draguer, séduire, tenter, ce n'est pas harceler.

Et comme visiblement la société n'arrive pas à distinguer les choses et à les nuancer – je parle de tout, du manque de nuance dans tout –, je vous propose un petit tutoriel pour distinguer ce qui est accepté et ce qui ne l'est pas. Ce qui ne l'est plus, tout du moins.

Situation numéro 1 :

Un homme regarde une femme dans un bar. La femme le regarde en retour. L'homme s'approche, propose à la femme de lui offrir un verre. La femme refuse. Déçu, l'homme s'en va.

Drague ratée pour ce pauvre garçon.

Situation numéro 2 :

Même configuration, la femme refuse le verre qu'on lui offre. L'homme insiste, la femme refuse poliment de nouveau. L'homme réitère sa demande encore une fois. La femme s'en va.

Drague complètement ratée, à la limite du harcèlement.

Situation numéro 3 :

La femme a refusé le verre, l'homme insiste jusqu'à son départ et parvient à lui faire un bisou dans le cou.

Harcèlement ET agression sexuelle.

Voilà.

Quand une femme dit non, même si elle dit non, nue, dans un lit, après des préliminaires déjà avancés, elle dit non. Et c'est non. C'est tout.

Certains hommes n'ont pas saisi cette mince frontière entre pouvoir et harcèlement. Ils n'ont pas violé, mais ont utilisé leur position de domination pour obtenir une relation sexuelle, ce qui n'est pas très cool non plus, entendons-nous bien.

Quand j'avais dix-sept ans, j'ai rencontré lors d'une soirée improbable un producteur parisien très en vogue.

Il m'a expliqué vouloir trouver des nouvelles têtes, de nouveaux profils pour la télévision, voire pour le cinéma. À l'époque, je ne savais pas très bien ce que je voulais faire. Je sortais d'une phase dépressive provoquée par mon agression et j'étais, il faut le dire, un peu paumée.

Cet homme savait que j'étais mineure.

Je n'ai jamais menti sur mon âge, sauf quand j'avais onze ans et que je voulais entrer au club préado d'un lieu de vacances où nous étions l'été avec mes parents.

Lui doit avoir plus de quarante ans, ce qui me paraît à l'époque très âgé. Cela ne l'empêche pas de me glisser à l'oreille : « J'ai très envie de te revoir. » Et de planifier un rendez-vous dans la semaine dans le bar lounge d'un grand hôtel parisien.

J'ai des paillettes plein les yeux. Je sais ce qu'il veut, je l'ai bien compris. Mais je me dis que je peux néanmoins aller à sa rencontre tout en respectant une distance de sécurité entre lui et moi.

Je vais donc au rendez-vous.

Il me parle de lui, de son travail tellement prenant qu'il n'a pas une minute à lui. Qu'il a pris ce temps pour moi car il voit en moi quelque chose. Il me parle de Madonna, avec qui il a dîné la veille – selon lui. Il me parle d'un film qu'il veut produire, d'une émission de télévision dans laquelle il va apparaître. Le parfait monologue du connard pour captiver une adolescente un peu perdue qui a voulu s'habiller comme une dame pour ce rendez-vous et a piqué dans le placard de sa mère un foulard horrible mais un foulard Hermès.

Il le voit, ça. Que je suis perdue. Que je suis gauche dans ce lobby d'hôtel de luxe. Que j'ai des talons mais que d'ordinaire je suis en baskets ou en Kickers.

Il le sait. Et il continue. Je pense même que ça l'excite.

Et il blablate son discours certainement préparé et qu'il utilise à chaque verre avec les jeunes filles qui sont comme moi.

Il termine par un merveilleux : « J'ai très envie de toi. »

Aujourd'hui, je me dis qu'il devait avoir réservé une chambre dans cet hôtel.

Je ris (jaune), je suis très gênée. Je formule je ne sais plus quoi et je m'en vais.

Je n'ai plus jamais eu de nouvelles de cet homme qui continue ses activités, que je vois parfois sur les plateaux de télévision.

Je suis étonnée qu'il ne soit jamais tombé, lui.

Parce que, s'il ne m'a pas violée, s'il ne m'a pas agressée ni même harcelée, il aurait pu en être autrement. J'aurais pu être une jeune fille qui rêve de devenir chanteuse ou comédienne. J'aurais pu venir de très loin pour ce rendez-vous. J'aurais pu me dire : « Après tout, c'est peut-être ce qu'il faut. » Heureusement, ça n'a pas été le cas mais je serais curieuse de savoir combien de relations cet homme a eues grâce à son pouvoir. Et combien d'entre elles étaient mineures.

Je pense qu'aujourd'hui cet homme ne se rend pas vraiment compte de ce qu'il a fait.

Les hommes de pouvoir n'ont pas ce recul-là. Pas tous les hommes de pouvoir heureusement, mais beaucoup. Ils pensent certainement que les femmes, les jeunes femmes, les jeunes filles, les très jeunes filles ont succombé à leur charme indéniable.

Leur charme de vieux libidineux grisonnants et bedonnants.

Oui ça doit être ça.

Avec la société qui avance, ces hommes sont devenus les porte-parole du « je n'ose même plus prendre l'ascenseur seul avec une femme ».

Cette phrase est quand même fabuleuse et je l'entends beaucoup.

Nous les femmes, serions devenues tellement mauvaises, tellement malveillantes, tellement diaboliques, qu'eux, pauvres hommes puissants, ont désormais peur de prendre l'ascenseur en notre compagnie.

Au cas où. Au cas où on aurait envie, comme ça, gratuitement, parce qu'on a envie, que ça nous amuse, de porter plainte pour agression.

Comme si c'était un jeu pour nous.

Comme si on avait envie de porter plainte contre un homme qui n'a absolument rien fait.

Comme si on avait quelque chose à y gagner.

Alors attention, je suis extrêmement attachée à la présomption d'innocence. C'est un droit qui ne doit pas être bafoué. Donc quand une femme accuse un homme, même si j'ai tendance à croire immédiatement la femme, je pense souvent à cette présomption d'innocence qui ne doit pas être mise de côté, ni oubliée. On ne doit pas le négliger, en tant que féministe, c'est un droit indéfectible, on doit le garder en tête.

Les hommes – souvent les hommes puissants d'ailleurs – craignent de faire face à une plainte, même à un tweet, qui les mette en cause, qui les accuse, alors qu'ils sont totalement innocents et n'ont rien fait.

Mais finalement, qui accuserait comme ça gratuitement ? Une femme jalouse, avide de vengeance ? Une femme en colère qui aurait envie de gâcher la vie de son amant ? Une femme instable ? Qui souhaiterait ruiner la vie de quelqu'un ? J'ai bon espoir que si c'était le cas, l'accusé serait assez rapidement mis hors de cause, sans même devoir passer par la justice.

J'entendais Andréa Bescond, réalisatrice et autrice féministe très impliquée contre les violences faites aux femmes, répondre à cette question sur un plateau de télévision.

Elle racontait cette histoire : un jour, un ami célèbre avec qui elle avait une discussion engagée sur le féminisme lui rétorque : « Et si un jour une femme porte plainte contre moi pour un viol – que je n'ai pas commis –, ma carrière est foutue, comme ça du jour au lendemain.

— Mais tu as déjà violé quelqu'un ? répond Andréa Bescond

— Non.

— Alors personne ne portera plainte contre toi. »

En fait c'est aussi simple que ça.

Décembre 2023

Mon éditrice veut que j'aille plus loin.

Elle veut que je cherche encore plus profondément. Que j'aille dans l'introspection. Pour poursuivre la réflexion, elle souhaite que j'offre des solutions, en tout cas que j'émette des hypothèses sur ce qui pourrait être fait pour arranger les choses et aider la cause féministe.

Je n'ose pas lui dire que je n'en ai aucune idée.

Je ne sais pas du tout ce qu'il faut faire et je n'ai vraiment aucune pensée, aucune opinion sur ce qui devrait être mis en place pour aider les femmes dans les entreprises aujourd'hui.

Ce que j'ai voulu faire, c'est raconter mon histoire.

Raconter l'histoire de ce documentaire. Tout dire. Ce que nous n'avons pas dit. Ce qu'on n'a pas osé dire. Comme ça, hop, on en parle plus.

Seule ma cousine, qui est autrice, lit ce que j'écris. Elle m'encourage beaucoup à mener à bien ce projet. J'avais tellement peur de ne pas y arriver que nous avons mis en place un système. Tous les vendredis, je lui envoie les pages de la semaine.

Je l'ai fait le premier vendredi.

Et ensuite, plus rien. Je n'arrive pas à être constante dans l'écriture de ce livre, je repousse, j'ouvre mon ordinateur, je vais voir les sites d'info, je finis systématiquement par regarder les billets de train et d'avion pour les prochaines vacances.

Je n'arrive pas à travailler.

Puis, soudain, parfois le soir, parfois la nuit, parfois pendant tout autre chose, j'ai une pensée.

Je me dis tiens c'est quelque chose dont je pourrais parler. Alors je m'y mets, j'écris rapidement quelques lignes et je referme mon ordinateur. C'est donc ainsi que ce livre existe dans mes documents depuis plus de deux ans.

Plusieurs fois j'ai dit j'arrête, je suis ridicule. Personne ne veut savoir ce que je pense de la société, du féminisme, de la vie. Tout cela est tellement égocentrique. C'est presque risible.

Et ma cousine qui me dit ce qui est ridicule c'est de ne pas aller au bout.

Alors je continue d'écrire, mais je ne suis même plus sûre de ce que j'écris. Est-ce que c'est un témoignage finalement ? Est-ce que c'est un essai ? Quand je vois les horreurs du monde en ce moment, je me dis, mais qu'est-ce que c'est que ce combat ? Il y en a tellement d'autres à mener. Des combats pour la vie. Des combats pour ne pas mourir. Des combats contre la maladie. Des combats beaucoup plus urgents que celui-là, le féminisme.

Je me sens toute petite dans ma ville en paix, dans ma vie privilégiée, dans mon travail que j'aime, dans le confort de mon appartement, à écrire tout ça.

Il y a tellement plus important.

Et puis ma cousine me dit, oui mais tout vient de là. Le féminisme, c'est un engagement pour tout, au final. Pour la justice, pour la liberté. Pour le respect.

Le respect des autres. Le respect des hommes. Le respect des femmes. L'écoute. Et la compréhension.

Dans une entreprise, on ne peut pas écouter tout le monde. Chacun a son histoire, ses peurs, ses traumatismes... Chacun a aussi son seuil de tolérance, lié à son histoire personnelle.

Ce qu'on peut comprendre, sans écouter, c'est qu'on ne touche pas les femmes.

Et que, somme toute, ce n'est pas un grand sacrifice à faire.

Il suffit juste de ne pas toucher une femme.

J'ai beaucoup hésité à sortir ce texte.

La preuve, j'y travaille depuis deux ans déjà, ce qui est vraiment long pour l'idée finalement assez simple de raconter mon documentaire et mon expérience personnelle. J'ai enlevé, retiré, reformulé plusieurs fois mes propos. Vous allez me dire que c'est tout à fait normal pour un livre, que je ne pouvais pas tout écrire d'un coup et voilà, c'est bon, je suis satisfaite, on le sort comme ça.

Ce qui me pousse à ne pas publier ce livre, c'est l'idée que personne ne va le comprendre.

Quand le documentaire a été diffusé, j'ai eu du soutien, oui, mais aussi beaucoup de colère des détracteurs, et de l'incompréhension de certaines femmes. Celles qui ne sont pas d'accord avec moi, qui pensent que le féminisme est un combat contre les hommes – et pas un combat mené avec les hommes, ce qui me semble le plus important. Celles et ceux qui n'entendent que la polémique. Que la rage. Que l'indignation. Celles et ceux, même, qui vivent de ça. On m'a reproché d'être trop féministe et de faire passer tous les hommes pour des phallocrates. On m'a aussi reproché de ne pas être allée assez loin, d'avoir survolé le sujet. Un jour, une amie m'a même demandé pourquoi j'avais décidé de travailler sur ce film avec un homme. Pourquoi pas une femme ?

Je ne me suis jamais posé cette question-là. Je n'ai jamais pensé les individus par le prisme de leur genre. J'aime les gens, j'aime les femmes, je suis féministe, j'aime les hommes aussi.

J'hésite à sortir ce texte parce que je sais qu'il ne sera pas compris comme j'aimerais qu'il le soit. Comme un texte humaniste.

Je décris des situations où les femmes ont été mises en difficulté pour le simple fait que ce sont des femmes. Ce sont des conditions qui persistent, le pouvoir appartenant encore beaucoup aux hommes, c'est inévitable. Je ne sais pas ce qu'il en serait si on changeait tout. Si la société devenait matriarcale. Si finalement les femmes ne seraient pas pires. Ce serait intéressant de le juger. J'ai hésité à sortir ce texte et un jour, un homme, puissant, connu, un homme de pouvoir m'a dit que j'étais courageuse. Que nous étions courageuses, nous les femmes. Et que non, finalement, courageuse n'était pas le bon mot. Qu'il fallait que les hommes prennent leur part aussi dans ce combat que les femmes ont été déterminées à mettre en lumière. Qu'il fallait maintenant agir ensemble. Mais qu'il fallait que ce texte sorte. Que c'était ce texte qui était courageux. Et qu'il allait encourager, encore, peut-être, des hommes à prendre le relais. À réfléchir avec nous.

J'aimerais que les gens qui lisent ce livre le prenne pour ce qu'il est : une sorte d'idée de réconciliation. J'expose des situations insupportables auxquelles j'ai été confrontée dans le monde du travail, en immense majorité dans des rédactions sportives qui restent – aujourd'hui encore – un sanctuaire du sexisme systémique, on l'a dit, le sport appartenant plus volontiers aux hommes qu'aux femmes dans l'histoire de l'humanité.

J'ai exposé ces situations, je les ai disséquées, j'ai tenté de les comprendre. J'aimerais les excuser finalement, pour passer définitivement à autre chose. Ne plus avoir à réfléchir sur la place des femmes, nulle part.

Le constat est là, désormais. Il est fait. Avançons maintenant.

Aujourd'hui, juste avant d'écrire ces lignes, j'ai pris un taxi. Le chauffeur m'a reconnue de mes années de football. Il m'a dit : « Vous étiez dans le sport avant, madame. » Nous avons discuté pendant le long trajet embouteillé de foot, de la situation des supporters, des joueurs, des clubs qu'on aime. Quand nous sommes arrivés à destination, il s'est arrêté. Il s'est tourné vers moi et il m'a dit : « Eh mais madame, vous connaissez vraiment bien le foot ! »

J'ai souri et juste avant de sortir de la voiture je lui ai demandé pourquoi il me disait ça, si c'était quelque chose qu'il découvrait même après m'avoir suivie pendant des années sur les écrans.

Il m'a répondu : « Je sais pas, madame, à la télé c'était différent, on vous entendait pas. »

Je cherchais à terminer ce texte, je ne savais pas comment.

Je trouve que cette dernière phrase fonctionne parfaitement, finalement.

À la télé, on ne m'entendait pas.

J'ai dû écrire un documentaire pour qu'on commence à le faire, écrire ce livre pour justifier, pour approfondir, pour terminer le constat.

L'autrice Lola Lafon l'a parfaitement dit dans un texte paru en début d'année.

« N'attendez plus des femmes qu'elles soient courageuses, n'attendez plus qu'elles changent seules les règles d'un système dont elles sont victimes. Agissez et prenez le relais. »

J'ai fait ma part, nous avons fait notre part.

Et je ne veux plus être uniquement la femme du plateau.

Cet ouvrage a été composé
par PCA
et achevé d'imprimer en février 2024
par Firmin-Didot, Le Mesnil sur l'Estrée (27)
pour le compte des éditions Stock
21, rue du Montparnasse, 75006 Paris

PAPIER CERTIFIÉ

Stock s'engage pour l'environnement en réduisant l'empreinte carbone de ses livres. Celle de cet exemplaire est de :
300 g éq. CO_2
Rendez-vous sur
www.editions-stock-durable.fr

Imprimé en France

Dépôt légal : mars 2024
N° d'édition : 01 – N° d'impression : 178298
52-07-6778/7